Soy un escritor frustrado

Novela

Biografía

José Ángel Mañas nació en Madrid en 1971. Fue finalista del Premio Nadal en 1994 con su primera novela, *Historias del Kronen*. Ha publicado *Mensaka*, *Soy un escritor frustrado*, *Ciudad rayada*, *Sonko 95*, *Mundo burbuja* y *El caso Karen*. Su obra ha sido traducida a numerosas lenguas.

José Ángel Mañas

Soy un escritor frustrado

DESTINO

Avinguda Diagonal 662, 6.ª planta. 08034 Barcelona (España)

Diseño de la cubierta: Hans Geel
Ilustración de la cubierta: póster de la película francesa *Imposture*,
de Patrick Bouchitey
Primera edición en Colección Booket: setiembre de 2005

Depósito legal: B. 34.345-2005
ISBN: 84-233-3736-7
Impresión y encuadernación: Litografía Rosés, S. A.
Printed in Spain - Impreso en España

Para Ana y Guille.

I

Soy un escritor frustrado.

Y esta circunstancia ha determinado en gran medida mis difíciles relaciones con el mundo exterior. Si hubiera podido satisfacer mi pasión por la escritura no estaría ahora donde estoy.

Para empeorar las cosas, soy profesor de Literatura en la Universidad Autónoma y, además, un excelente crítico. No hay nada tan frustrante como esto: tener que enfrentarse cada día con brillantes ejemplos de individuos que son todo lo que uno quisiera ser y que han conseguido todo lo que uno nunca podrá conseguir. Es triste constatar que las mil y una veces que he intentado comenzar una novela no he pasado nunca de la segunda página sin tener la firme convicción de que lo que escribía era bazofia. Y lo sé porque soy buen crítico. Para ser escritor no basta con rellenar folios y embuchar palabra tras palabra, cosa que cualquiera puede hacer, sino que hay que tener un «algo» especial —llámese «duende» o inspiración, o como se quiera— que yo no tengo y que nunca tendré. Puedo, trabajosamente, sacar adelante mis artículos y mis trabajos académicos, pero soy sencillamente incapaz de escribir un buen cuento. Y no es que me falte imaginación —al contrario, tengo muy buenas ideas—, pero al ponerme delante del ordenador algo falla: las palabras no salen, y si salen conforman horrorosos principios que desecho sistemáticamente sin conseguir darle nunca la expresión adecuada a mis ideas. También he intentado escribir completamente borracho, pretendiendo creer en el mito de la ebriedad, pero el resultado ha sido siempre el mismo, y esta impotencia creativa me provoca un sentimiento de profundo disgusto conmigo mismo que se va acrecentando a medida que sigo intentando escribir, hasta que ya no aguanto más y, preso de una irracional furia, golpeo el ordenador.

Por todo esto, cuando conocí a Marian, hacía ya mucho tiempo que había dejado de escribir, refugiándome cada vez más en el alcohol, circunstancia que se había hecho célebre en el departamento, donde mi volubilidad de carácter y mi inestabilidad emocional me habían granjeado numerosas enemistades entre los demás profesores. Sin embargo, aunque parezca increíble, mi aura de malditismo seguía atrayendo a suficientes alumnos, de tal manera que su número se mantenía de año en año.

Cuando pienso en Marian, todavía se me pone la carne de gallina. Tengo grabadas en la memoria dos imágenes suyas: una en color, sentada en primera fila de clase, mirándome fijamente, siempre sonriendo; otra, en blanco y negro, en el sótano de mi casa de la sierra, tosiendo sangre, pálida como un fantasma en mitad de aquella habitación húmeda y maloliente. Entre ambas imágenes me vienen a la memoria una serie de acontecimientos que ahora intentaré ordenar para darles un sentido.

Ana había sido mi novia durante años. Era una chica normalita, con muy buen tipo y un gran defecto, que era quererme demasiado. Vivíamos juntos desde hacía un año y ella se había convertido en el vertedero emocional de todas mis frustraciones. Cada vez que teníamos una bronca —y esto ocurría a menudo— yo no dejaba de echarle en cara que con ella no tenía nunca la tranquilidad de espíritu necesaria para llevar a cabo mi actividad creativa. En una de éstas, Ana, a punto de llorar, exclamó:

—Pero si tienes todas las tardes para trabajar. Últimamente como en casa de mis padres, sólo para no agobiarte. ¿Qué más quieres que haga? Cuando me quedo en casa te encuentro de malhumor, te saludo y ni siquiera levantas los ojos de tu libro. Cocino siempre yo, para que no pierdas tiempo, y tú comes deprisa y de mala gana, y luego te vas corriendo con eso de que tienes que preparar la clase de mañana. Me acuesto sola y la mitad de los días me despiertas a gritos porque no puedes escribir. Esto es insoportable: yo no puedo seguir así. Tengo la impresión de que siempre te estorbo. Intento dejarte solo todo el tiempo que me es posible, pero no puedo desaparecer. Encima, hoy no me encuentro bien. Me gustaría que me prestaras a veces algo de atención, no mucha, un poco de cariño, para que me diera cuenta de que soy algo más que tu cocinera particular. Porque yo existo, ¿lo entiendes? ¡Existo!

—Ése es el problema.

Ana me dirigió una mirada llena de

odio. Secándose las lágrimas, entró en nuestra habitación, sacó una maleta del altillo del armario empotrado y empezó a meter cosas: jerseys, camisetas, ropa interior y demás parafernalia.

—Me voy —dijo—. Esta vez no puedo más.

—Márchate. Púdrete. No te necesito para nada. Al menos así tendré tiempo para escribir.

Ana me miró. La voz le temblaba.

—J, he vivido contigo durante un año entero y todavía no te he visto escribir dos líneas seguidas.

—¡Porque *tú* no me dejas! Tu presencia me anula. Te pasas el puto día queriendo hacer cosas. Ir al cine, ir a cenar, ver a los cretinos de tus amigos y a la bruja de tu madre, dar paseos por el Retiro, las excursiones de los fines de semana... Dime, ¿de verdad crees que así se puede trabajar?

—Te estás pasando, J.

—Si es que sólo piensas en «hacer cosas». No puedes estarte dos minutos tranquila sin morderte las uñas. Sólo verte pondría nerviosa a una momia. ¿Cómo voy a concentrarme con alguien como tú moviéndose por toda la casa? Es imposible vivir contigo.

—Y tú qué te crees, ¿que es fácil vivir contigo? Estoy harta de tus problemas y de tus borracheras. Te pasas el puto día mirándote el ombligo. Eres incapaz de quererme.

—¿Y quién te va a querer a ti? ¿Te has mirado últimamente al espejo?

—Te estás pasando, J. Te estás pasando.

—¡Bah! —exclamé. Di un portazo al salir de casa y comencé a bajar las escaleras.

Ana abrió la puerta detrás de mí y gritó:

—¡Borracho de mierda! ¡Profesorcillo de pacotilla! Y a ti, ¿quién te va a querer?, ¿quién va a aguantar tus neuras?

Volví a subir, enfurecido, con el brazo en alto, dispuesto a partirle la cara, pero Ana ya estaba corriendo los cerrojos.

—¡Abre! —grité.

—¡Que te jodan! —respondió ella.

Golpeé la madera de la puerta varias veces con el puño hasta que me cansé y después de darle un trago a la petaca plateada que solía llevar conmigo, le di un ultimátum:

—¡Como no te hayas ido antes de que vuelva de la facultad, te mato a hostias!

Ana no contestó, y la vecina, una vieja octogenaria que vivía en la buhardilla de al lado, entreabrió su puerta sin descorrer la cadena y dijo: «¡Sshhhht!, no armen tanto escándalo, que no puedo oír la radio.»

Bajé a la calle y me metí en el bar de enfrente a tomar un trago. Una vez me hube tranquilizado, miré el reloj: eran las doce y veinte y tenía clase a la una. Metí la mano en el bolsillo del pantalón y me di cuenta de que me había dejado las llaves del coche en casa. Chasqueé la lengua, salí del bar y me apresuré calle abajo, por Fuencarral, hasta llegar al metro de Tribunal. Cogí la línea 1, que va hasta Plaza de Castilla, y me senté malhumorado en uno de los asientos. Un individuo sudoroso se apalancó a mi lado, impregnando todo el vagón de un desagradable olor. Afortunadamente, el insociable personaje descendió un par de estaciones después, en Iglesia.

Me molestaba muchísimo viajar en metro: el contacto físico con la masa siempre me había angustiado. Normalmente, cuando mi coche se averiaba, llamaba a la secretaría del departamento, decía que estaba enfermo y me quedaba en casa. Pero en esta ocasión resultaba que ya había faltado a un par de clases la semana anterior y temía alguna protesta por parte de los alumnos. Los muy cabrones siempre me ponían fatal en las encuestas de fin de curso y habían conseguido que me congelaran el sueldo este año, así que, ahora que estábamos a principio de curso, tenía que hacer un esfuerzo para que no me pasara lo mismo el año siguiente.

Fue, pues, una casualidad que Marian me encontrara en el metro aquel día.

Estaba sentada justo enfrente de mí, y me miraba. Tenía los ojos grandes y oscuros, y el pelo corto le caía en forma de flequillo desordenado por encima de la frente; un pañuelo de seda rosa le rodeaba el cuello. En fin, no había nada en especial que la distinguiera de una mediocre estudiante cualquiera de la facultad.

Desde el principio supe que era una alumna mía y evité que mi mirada se cruzara con la suya: me resultaba incómodo encontrarme con alumnos fuera de la universidad, y cuando esto ocurría procuraba ignorarles y esperaba que ellos hicieran lo mismo conmigo. Pero en este caso la enojosa alumna parecía empeñada en entablar contacto visual. Esto me puso nervioso y, en cuanto llegamos a Plaza de Castilla, procuré salir antes que ella y me dirigí apresuradamente al autobús que llevaba a la Autónoma, que a estas horas estaba medio lleno, circunstancia que agradecí.

La mirona del metro entró un poco después y, desatendiendo mi evidente malestar, se sentó en el asiento libre a mi lado, saludándome con una vocecilla nasal bastante desagradable. Yo esbocé una sonrisa y volví a mirar por la ventanilla, dando a entender que no tenía ninguna gana de hablar. Ella, sin embargo, forzó la conversación:

—Me gusta mucho cómo da las clases —dijo—. Creo que tiene usted una gran intuición para captar el talento artístico.

Si me hubiera dicho cualquier otra cosa seguramente la hubiese ignorado, pero no podía evitar que un elogio así me llegara al alma. Sonreí.

—¿Tú crees?

Ella asintió sin dejar de mirarme.

—He leído su tesis.[1] Me ha impresionado. Creo que es usted un gran crítico.

—Por favor, no me trates de usted, que me haces sentir viejo. ¿Cómo te llamas?

Me lo dijo y añadió:

—Me siento en primera fila en su..., en

1. Hago un pequeño inciso para precisar al lector que mi tesis «La vacuidad de una hermenéutica posmoderna en la teoría literaria contemporánea española» fue una demoledora crítica a esa corriente de pensamiento entonces en boga. Desgraciadamente, el tribunal le rateó su merecido *cum laude* y, dado que la Comunidad de Madrid tardó cinco años en publicarla, su trascendencia histórica pasó desapercibida. (Nota del Autor.)

tu clase de literatura española del veinte.

—Dime, Marian, ¿te gustó el estilo?

—La verdad es que no le presté mucha atención.

—Ah —dije lacónicamente, perdiendo repentinamente todo interés por mi interlocutora.

—Pero me gustaron mucho sus ideas. Me impresionó el rigor de su análisis.

—¿Sí? —miré distraído el reloj. Estábamos ya bastante fuera de Madrid y faltaba desgraciadamente más de la mitad del trayecto. A través de la ventanilla, los postes de teléfono entrecortaban el verde amarillento del árido paisaje suburbano. Era increíble comprobar cómo nada más salir de Madrid empezaba el desierto. Llegar al campus de la Autónoma, tras haber atravesado el secarral, era como llegar a un oasis.

—Quería pedirle un favor.

—¿Un favor?

Enrojeció ligeramente.

—He escrito una novela. Me gustaría que la leyera.

«Hay que joderse», me dije interiormente. Aquí estaba otra mocosa queriendo endosarme su novela... ¡Y yo pensando que íbamos a hablar de mi tesis!

—Por favor. Es muy importante para mí

—insistió. Su vocecilla nasal empezaba a ponerme de los nervios—. Sé que tiene...

—J, llámame J. Y deja de tratarme de usted, coño.

—Sí, perdona..., J.

—Tráemela a clase, anda. Pero te prevengo que no sé si tendré tiempo.

Marian sonrió, agradecida, y por fin se calló.

—Creo que llegamos algo tarde —comentó cuando el autobús se paró y la gente empezó a levantarse.

—Tú vete a clase y dile a tus compañeros que llego en seguida —repuse, mientras salíamos del autobús.

La dejé que se adelantara mientras atravesábamos el campus. Ya había pequeños grupos de gandules sentados en el césped, viendo pasar el tiempo. Tras entrar en la Facultad de Letras, Marian se encaminó por el pasillo hacia el aula donde teníamos clase, y yo subí hasta el bar. Pedí un tinto y miré el reloj: y cuarto. Me entretuve más de lo que había previsto y cuando llegué a clase eran ya menos veinticinco y la mitad de los alumnos se habían ido. Marian me miró desde la primera fila tan fijamente que consiguió que me sonrojara. La media hora que quedaba improvisé una brillante introducción a la obra poética de uno de los muchos cretinos consagrados cuyos nombres ensucian los libros de texto.

—Bueno, ya es la hora. ¿Alguna pregunta? —exclamé al terminar la clase.

Los estudiantes levantaron la cabeza de sus miserables apuntes y me miraron con cara inexpresiva. Como siempre, ninguno dijo nada.

—Bien, pues el jueves continuamos.

A la salida de clase me encontré con Marta Cavaler en el bar. Marta era una buena amiga mía, también profesora de la facultad. Compartíamos una existencia marcada por la frustración. Ella era pequeña y un poco jorobada, tenía la cara insulsa y un vientre enorme. Era una ninfómana incorregible y una profesora incompetente. Solíamos emborracharnos juntos a menudo.

—Hombre, J —dijo al verme—. Qué guapo estás hoy.

Llevaba una falda corta que acentuaba su físico de tortuga y una blusa mal planchada, mal metida bajo la falda y arremangada desigualmente. Pidió un tinto con casera en la barra.

—No sé cómo me soportan en clase. Siempre digo las mismas tonterías —comentó—. Menos mal que hay un chico monísimo en tercera fila. Si no, me aburriría.

Sonreí. Marta siempre aterrorizaba a profesores y alumnos con sus insinuaciones sexuales.

—Bueno. Voy a ver al decano a ver si le saco unos durillos para un viaje. Por cierto, ¿tienes algo que hacer el sábado?

—¿Por qué?

—Hay un rejoneador que me encanta. Va a estar en las fiestas de Zaragoza. Podrías venirte conmigo para darle celos: tú me dejas meterte mano en la gradas y yo te invito a unas copas, ¿qué te parece?

—Tengo que pensarlo.

—Te llamo y me lo dices. Voy a sacarle la pasta al decano. Hasta luego.

Se terminó el tinto de un trago y salió del bar.

Al mediodía comí en casa de mi madre y aproveché para pedirle algo de dinero: los cuatro duros de mi sueldo ya se me habían ido en copas. Me eché una siesta y le dije que tenía que ir a dar una clase a los de la noche, que me dejara el coche. Luego comenté que hoy dormiría en casa.

—¿Te has enfadado otra vez con Ana? —preguntó.

Cuando volví al piso al día siguiente, mi ropa estaba tirada por los suelos, los cajones de los armarios habían sido pisoteados, las sábanas de la cama estaban desgarradas y había un número indeterminado de libros deshojados y de platos rotos esparcidos por toda la casa, pero ninguna nota. Empleé un par de horas en recoger. Hice la cama y me tumbé en ella. Por un momento me sentí libre y lleno de una especial euforia interior, pero la agradable sensación no duró mucho. Poco a poco fue dejando paso a un sentimiento de inseguridad creciente. Sabía que sólo era resaca, que me desengancharía pronto de la presencia de Ana, que el vacío pasaría y yo reanudaría mi vida normal como siempre había hecho. Sin embargo...

Sonó el teléfono y lo cogí, esperanzado, seguro de que era ella pidiéndome perdón. Sería algo duro, la humillaría un poco y luego la dejaría volver.

Respondí con voz firme: «¿Sí?»

—Oye, ¿J? —inquirió la voz algo cascada de Marta.

—Ah, eres tú. ¿Qué quieres?

—He quedado con Mozart para tomar unas copas esta tarde. ¿Quieres venir?

Me lo pensé un momento antes de aceptar. Después de apagar el inalámbrico, salí de la habitación, cogí la botella de Passport que siempre guardaba en las estanterías de mi despacho y que había milagrosamente sobrevivido a la furia destructora de Ana, y le di un trago. Marta era mi mejor amiga, mi única amiga. Teníamos en común una desenfrenada pasión por el alcohol. Ella bebía para combatir con su excéntrico comportamiento la impresión que causaba su presencia física, y yo porque era tan introvertido que sólo sabía ser sociable a base de alcohol.

Mozart, a su vez, era un auténtico cretino. Es decir, era horriblemente atractivo, buen profesor y —lo que yo nunca podría perdonarle— un escritor de talento. Marta y yo le habíamos bautizado con su mote con más rencor que admiración. Mozart llevaba publicadas cuatro novelas y lo tenía todo. Al menos las dos cosas que nos faltaban a Marta y a mí por separado: atractivo físico y talento. Además, me acosaba continuamente. «Y tú, que eres tan buen crítico, ¿cómo es que no escribes?» Yo me encogía de hombros y murmuraba que no todo el mundo podía tener tanto talento como él. Mozart parecía casi ofendido y se armaba de falsa modestia: «Sí, hombre, sí, todo el mundo puede escribir; sólo hay que echarle horas al asunto.» Últimamente le había contado que estaba intentando escribir una novela, pero él sabía tan bien como yo que era una asquerosa mentira. Sin embargo, seguía tratándome como a un colega, humillándome sin parar al hacerme partícipe de su entusiasmo a medida que sus novelas progresaban y fingiendo un interés sincero cuando me preguntaba de vez en cuando por la mía.

Nos habíamos conocido en primero de carrera. Durante ese año intimamos rápidamente al descubrir que teníamos la misma pasión por la literatura. Pero en seguida adquirí complejo de fraude con respecto a él un día que quisimos redactar un manifiesto literario a medias. Hablando, habían surgido mil ideas y los dos nos fuimos a casa llenos de entusiasmo. El mío se enfrió delante de la máquina de escribir. Cuando Mozart llegó a mi casa al día siguiente cargado de folios, tuve que confesar, lleno de vergüenza, mi incapacidad creativa. Desde entonces nuestra relación se fue enfriando.

A mitad de curso me obsesioné con una chica de clase. Un día, nos pusimos los dos a hablar con ella, compitiento a ver quién decía las chorradas más brillantes. La invitamos al bar. Carmen aceptó, estuvo de lo más simpática y, cuando dijo que se tenía que ir, Mozart se ofreció a llevarla a casa; yo, que no tenía coche, me quedé jodido en el bar. Al año siguiente me cambié de clase porque no soportaba verles siempre cogiditos de la mano y besándose cada dos por tres. Incluso acepté una beca de un año en Florencia para no verles. Desgraciadamente, coincidimos en la misma especialización. Me costó horrores, pero logré presentar la tesis en el mismo año que Mozart, en 1987. Conseguí que me la dirigiera un mandarín académico de la época, quien me apadrinó y me consiguió un puesto de asociado, primero, y más tarde una plaza como titular. Mozart también obtuvo su plaza en Madrid y terminamos ambos trabajando en la misma facultad. Era inevitable que coincidiéramos a veces en coloquios y conferencias, pero a medida que mi fama de personaje conflictivo se extendía, cada vez me invitaban menos a este tipo de actos.

Con todos los esfuerzos que hacía para no cruzarme con Carmen y Mozart, los hubiera perdido de vista si no hubiese dado la puñetera casualidad de que Marta intimó con Mozart algunos años después. A raíz de ello, les había tenido que ver más a menudo de lo que me hubiera gustado. Y más tarde él había comenzado a salir de copas con nosotros, huyendo de los muchos problemas que empezaba a tener con su mujer.

El teléfono volvió a sonar. Lo cogí algo bruscamente, pero en seguida un «clic» indicó que se había cortado la comunicación. «Es Ana», pensé, y estuve a punto de llamarla, pero al final venció mi amor propio. Era demasiado orgulloso para llamar primero; tendría que hacerlo ella. Le di otro trago a la botella y salí a la calle a dar una vuelta.

Al contacto con la vida, me olvidé de la resaca sentimental anterior y, habiendo satisfecho mis necesidades carnales por un módico precio en una casa de la que era habitual, me dirigí hacia la plaza del Dos de Mayo.

A las nueve todavía no habían llegado los otros. El Maragato estaba regentado por dos vejetes que tenían la misma cara arrugada, las mismas gafas y el mismo uniforme color burdeos. Uno de ellos me dio un poco de conversación mientras esperaba. Fuera ya había anochecido cuando escuché una voz conocida:

—Hombre, Salieri.

Me di la vuelta y vi a Marta entrar trabajosamente en el bar. Iba vestida igual que el día anterior, con alguna que otra nueva mancha de vino en la blusa.

—¿Y Mozart? —pregunté.

—Ahora vendrá; ya sabes que siempre llega tarde.

—Como las estrellas, haciéndose esperar —murmuré con veneno.

En ese momento entró Mozart en el bar y se acercó a nosotros sonriendo. Tenía mi misma edad, pero él aparentaba treinta y yo cuarenta. El alcohol había hecho su trabajo. Mozart iba tan bien puesto y tan bien vestido como de costumbre. Aunque sólo llevara unos vaqueros y una camisa, siempre parecía elegante. Me estrechó la mano.

—Me encanta estar con dos hombres tan guapos —comentó Marta.

Mozart le dio dos besos y sonrió beatíficamente. Cuando empezamos a emborracharnos, nos dio la vara con la novela en la que estaba trabajando. El argumento, dijo, se basaba en la relación entre dos escritores: uno que tenía talento y éxito, y el otro más bien frustrado. «Una especie de Mozart y Salieri.» «¿Y qué ocurre?», pregunté, dirigiéndole una mirada feroz. «Que Mozart reinventa a Salieri, lo retrata para la posteridad a su modo, de tal manera que en la imaginación de los lectores el Salieri real queda suplantado por el Salieri literario de Mozart. Es decir, que, al suplantarle, Mozart mata, imaginativamente hablando, al Salieri real.»

—Muy ingenioso —comenté.

—Salieri en realidad es como si no hubiera existido, porque es Mozart quien juega a ser ambos —añadió.

—¿Y por qué no inviertes el argumento y haces que Salieri mate a Mozart y reescriba todo como si él fuera Mozart?

—Muy sencillo: porque Salieri no puede escribir. Por cierto, ¿qué tal va tu novela, J?

—Va bien, avanzando. Y Carmen, ¿qué tal está?

Mozart palideció.

—Bien —murmuró, dejando de sonreír.

Había sido fácil dar en el blanco. Sabía que las cosas no iban bien entre él y su mujer. Carmen había trabajado como profesora de Lengua en un colegio, hasta que Mozart empezó a ganar dinero. Entonces, se dio cuenta de que era más agradable ir de compras con sus amigas o tomar el sol en la piscina que soportar chillones y granujientos adolescentes. Esa vida de ocio le había bastado, hasta que un día se despertó su instinto maternal. Como no podían tener hijos, Carmen había querido adoptar un niño, pero Mozart se había negado y esto había ocasionado un serio conflicto en la pareja. Qué ironía que alguien tan prolífico en palabras fuera a su vez estéril en otros terrenos. Yo le hubiera cambiado mil veces mi virilidad por su talento, pero la naturaleza es así de injusta.

Me fui a casa pronto, porque la velada empezó a degenerar cuando Marta se enteró de lo de Ana. Intentó enrollarse conmigo y tuve que quitármela de encima bruscamente. Comenzó a lamentarse y me contó que el último tío con el que se había enrollado fue un guardia civil al que conoció el verano pasado. Necesitaba un hombre pronto. Si no caía el rejoneador de Zaragoza, se iba a volver loca. Yo le recordé que tenía un marido. «Ya, pero es medio subnormal», se quejó. Pensé para mí que nadie medianamente normal se hubiera casado con ella. «¿Qué habré hecho yo para merecer este cuerpo —continuó Marta—. Yo estoy segura de que en otra vida tuve un cuerpazo impresionante, me follaba a todo el mundo y por eso me castigaron por mis excesos.» «Seguro», dije mirando el reloj.

[illegible] que [illegible]
[illegible] y [illegible]
[illegible] la [illegible] del [illegible]
y [illegible] la [illegible]
[illegible] y [illegible]
[illegible]
[illegible] y [illegible]
[illegible]
[illegible] pero [illegible]
[illegible] que [illegible]
[illegible]
[illegible]
[illegible]
[illegible]
[illegible]
[illegible]
[illegible]
[illegible]

II

Un par de días más tarde, a la salida de clase, Marian me entregó su original. Yo, que ya me había olvidado del asunto, lo cogí sin mucho interés y dije que intentaría encontrar un momento para echarle un vistazo. Ella sonrió y me dio las gracias.

Por la tarde volví a deprimirme y tuve que ir a casa de mi madre, porque en cuanto me quedaba a solas en mi piso no podía dejar de pensar en Ana. Parecía increíble, pero así era: la echaba de menos.

—¿Pero estás enamorado de ella o no? —me preguntó mi madre.

Esto me inquietó muchísimo: ¿era posible que me hubiera enamorado de Ana? Cuando estaba con ella, simplemente no podía aguantarla. Últimamente, hasta el olor de su sexo me repugnaba, y para correrme tenía que hacer un esfuerzo imaginativo importante visualizando a la camarera del bar de enfrente, o bien a alguna de mis alumnas. Y sin embargo ahora la echaba de menos. ¡Qué horribles jugarretas las de la memoria, falseándonos la realidad a posteriori!

Llegué a casa ya de noche, dejé el manuscrito de Marian en una esquina del despacho y escuché el único mensaje del contestador automático: era Marta diciéndome que la llamara si quería ir el sábado con ella a Zaragoza. Ningún mensaje de Ana. Así que esta vez va en serio, pensé mientras cenaba una patética pizza descongelada delante de la tele.

A la mañana siguiente tomé una decisión. Me afeité, me eché un perfume que nunca había utilizado desde que me lo había regalado Ana, y salí a la calle. Le di un trago a la petaca y me dirigí a pie hacia la Gran Vía, donde la gente corría de un lado para otro y el tráfico estaba tan jodido como siempre.

La tienda en la que trabajaba mi novia era un local pequeño con relojes de todo tipo en los mostradores. Ana estaba muy guapa: la cara pintada, el pelo recogido, la blusa escotada dejaba ver uno de los tirantes de su sujetador y algunas pecas en el inicio de sus pechos. Cuando entré, estaba atendiendo a una vieja que quería regalarle un reloj de oro a su marido. Me miró de reojo y decidió ignorarme. Sonreí al ver cómo le temblaban las manos. «Tiene muy mal pulso, ¿está usted bien?», le preguntó la vieja antes de pagar. Por fin, Ana se quedó sola y me acerqué a ella.

—¿Qué quieres? —preguntó con nerviosismo.

—Es para ti, quiero que vuelvas. —Le entregué los bombones y las flores que le había comprado por el camino. Sabía que este tipo de detalles la volvían loca.

Ella miró la caja de bombones (eran sus preferidos) y el ramo de flores, y luego me miró a mí:

—No puedo; me he jurado que no volvería contigo ni loca —su voz temblaba, intentando sonar decidida sin conseguirlo.

—Por favor, Ana. Me he dado cuenta de que no puedo vivir sin ti.

Ella meneó la cabeza:

—No, J. Es demasiado tarde. No puede ser.

—Ana, las cosas van a cambiar a partir de ahora. Te lo prometo —dije, mostrándome todo lo patético que podía.

Un nuevo cliente se acercó al mostrador.

—J, te tienes que ir.

—¿Por qué? ¿No será por este cretino de aquí?

—J...

—Oiga, por favor. Estoy hablando con mi novia. No le importará que le atienda la otra señorita, ¿verdad? Es que estamos resolviendo unos problemas personales —le expliqué al cliente, un joven ejecutivo que murmuró: «Sí, desde luego», y nos dejó solos.

Ana me miró y después miró hacia la puerta que daba a la trastienda.

—J, que va a salir el jefe. Te juro que en cuanto termine de trabajar, te llamo.

—¿Prometido?

—Prometido. —La sonrisa de Ana quería decir que se había rendido una vez más a mi irresistible encanto.

Ana volvió a casa y tuve que cumplir con el trámite de siempre y jurarle mil veces que las cosas iban a cambiar, que ya no habría más crisis. Hasta le dije que la quería, mientras follábamos. Por su parte, se ofreció a pagar los daños que había causado en la buhardilla y admitió que había sido muy absorbente. Comprendía que un escritor necesitaba mucho tiempo para su trabajo y dijo que, reflexionando sobre el tema, había llegado a la conclusión de que no quería convertirse en un obstáculo entre yo y mi pasión por la literatura, sino que quería ayudarme. Mis ideas le parecían buenas y creía que debía de transformarlas en cuentos cuanto antes. Para apoyarme, estaba dispuesta a corregir todo lo que yo escribiera. La miré horrorizado y expliqué que lo importante era que estuviéramos juntos, que vivir con alguien siempre implicaba renunciar a ciertas cosas.

—No, no —repuso—. No quiero vivir con un artista frustrado. Quiero que comiences a escribir cuanto antes. Si no, todo va a seguir igual y, antes que ser la culpable de tu frustración, prefiero dejarte: te quiero demasiado para verte así.

Estaba decidido, aunque unilateralmente: las cosas iban a cambiar.

Y así fue.

Pocos días después de la reconciliación, un viernes que yo no tenía clase y que Ana se había quedado en casa con anginas, me tomó de la mano, me llevó a mi despacho, me sentó enfrente del ordenador y comentó que ella se iba a la farmacia, pasaría un momento por casa de su madre y volvería al mediodía. «Si llaman del trabajo, estoy durmiendo», dijo. Me dejaba toda la mañana por delante para relajarme y trabajar. En cuanto volviera, leería lo que hubiera escrito. Dicho esto, me pidió dinero, cogió las llaves y me dejó hundido en la más profunda miseria.

—Adiós, cariño —dijo antes de cerrar la puerta—. Escribe bien.

Me removí inquieto en el sillón de mi despacho. Me sentía como si me hubieran sentado en la silla eléctrica. Ni siquiera me preocupé por encender el ordenador. Lo único que podía hacer era preparar la bronca para cuando Ana volviera. Cogí la botella de whisky, que hoy estaba en el estante superior, en la zona de literatura italiana, al lado de la *Divina comedia,* y le di un trago. Era tan cobarde que tenía que emborracharme para poder darle de hostias cuando volviera. Me sentí triste y pensé en Mozart; qué suerte tenía el hijoputa: lo tenía todo, talento, dinero, y encima estaba casado con la mujer que amaba.

Sumido todavía en estas tristísimas divagaciones, vi encima de la mesa el original que me había entregado Marian. No había pensado leerlo, porque mi tiempo era demasiado valioso para desperdiciarlo en otra cosa que no fueran lamentaciones sobre mi desgraciada existencia. Pero en aquel momento de desidia me sentía tan hastiado de mí mismo que decidí hojearlo. Era un monstruo de unas trescientas páginas a ordenador. ¡Lo que hubiera dado por tener entre mis manos una criatura similar, pero mía! Comencé a leer, al principio con cierta desgana; luego, con algo más de interés. Finalmente, habían transcurrido un par de horas y todavía seguía leyendo.

La novela era genial.

Era la obra que todo escritor novel hubiera deseado escribir: caótica y desordenada —no se ceñía a los cánones perfeccionistas y decimonónicos de Henry James, desde luego—, pero llena de intuición y plagada de esas imágenes que se quedan grabadas en la mente del lector mucho después de haber terminado de leer. Con un buen conocimiento de la modernidad, y manejando espacio y tiempo a su antojo, alternaba todo tipo de narradores y de puntos de vista. La novela pivotaba en torno a la vida en un territorio imaginario que no desmerecía en nada de Macondo o Región.

Como toda obra de juventud, era imperfecta y autobiográfica, pero rezumaba vitalidad por los cuatro costados. Y era mucho mejor, sin lugar a dudas, que las tonterías que escribía Mozart, un cretino narcisista que sólo sabía escribir sobre sí mismo. La profundidad con la que Marian, con sus veintipocos años, analizaba las emociones humanas estaba a años luz de la frivolidad con la que Mozart construía sus personajes —por llamarlos de alguna manera—, seres que sólo servían de contrapunto dialéctico al personaje principal, que era, ¿cómo no?, siempre un escritor: Él. Frente a la superficial prosa mozartina, musical, pero tan ligera e insustancial que se evaporaba sin dejar apenas huella, aquí estaba esta prosa densa, pero rítmica y emotiva, con una cadencia y un color propios y originales.

La novela era excelente. Hacía mucho que no había leído un texto que me hubiera entusiasmado tanto. Y yo no era un crítico ligero: mi rencor hacia los escritores me hacía ser durísimo, no había cosa que más me complaciera que destrozar a un autor. Y cuanto más cercano estuviera a mí en el tiempo y en el espacio, mayor era el placer de la crítica. A los del veintisiete todavía les respetaba porque no se metieron demasiado en el campo de la novela, pero a casi todos los de los cincuenta los despellejaba vivos; y a los sudacas de segunda fila de los sesenta, a los novísimos, a la nueva narrativa hispánica y a todas esas cagarrutas seudoliterarias y cuasianalfabetas que vienen detrás los tenía tan maltratados que mis alumnos se asustaban cuando me veían en clase analizando sus textos y poniéndoles a parir con toda la elasticidad semántica que permite el léxico más peyorativo del castellano. A Mozart, por el contrario, lo trataba con una cierta displicencia (puro odio contenido), recomendando a quien quisiera escucharme que por favor no perdiera el tiempo con frivolidades.

En ese momento sonó el teléfono. Lo cogí. Era Marta, que me insistía sobre lo del sábado.

—Que sí, que... que voy. Pero déjame ahora, que estoy leyendo algo importante —respondí con impaciencia. Me dijo que me recogería en su coche por la mañana. Apagué el inalámbrico y seguí leyendo, entusiasmado.

Alguien llamó a la puerta. Cerré el original con cuidado y fui a abrir. Era Verónica, la hermana de Ana. Venía a menudo y, por cierto, estaba buenísima. Entró y preguntó por su hermana. Le dije que hoy volvería tarde y le ofrecí un café, viendo en ella la excusa perfecta para justificar mi falta de actividad creativa. «Puedes ver la televisión —añadí—. Yo estoy trabajando.» «¿Escribiendo?», preguntó ella, que debía de estar al tanto de nuestros problemas como pareja. «Sí, claro», sonreí. De repente me vino una idea brillante a la cabeza. Dejé a Vero en el salón, me metí en el despacho, encendí el ordenador apresuradamente y me puse a teclear. Instantes después la impresora comenzó a funcionar. Cogí la hoja que salía y la comparé con la primera página del original, luego arranqué de éste la que tenía el nombre de Marian. «¿Dónde vas?», gritó Vero desde el salón. Se había sentado en el sofá, delante de la tele. «¡Ahora vuelvo!», exclamé, nervioso, antes de cerrar la puerta. Llevaba el original debajo del brazo.

Bajé las escaleras de cuatro en cuatro y, una vez en la calle, miré el reloj y corrí hacia Bilbao. Hacía mal tiempo. La gente iba con abrigo y yo en mangas de camisa, pero estaba tan excitado que no noté el frío. Después de fotocopiar el original en una papelería de Hortaleza, me dirigí hasta Santa Bárbara y anduve las dos manzanas que me separaban del Registro intelectual. Me detuve un momento en la entrada para recuperar el aliento, y le di un sorbo a la petaca. Era un edificio anodino con una bandera española en el balcón. Dentro había un mostrador y varias pequeñas colas. Un policía con gafas me preguntó qué era lo que quería.

—Registrar una novela.

El policía me entregó un impreso y me indicó cómo debía rellenarlo. Lo hice con un bolígrafo que me prestó. Me puse en la cola y esperé inquieto detrás de una señora que quería registrar dos noveluchas con títulos tan crípticos como *El drama de la vagina artificial* y *Los boludos universales*. El hombre de detrás del mostrador —un individuo con barba mal afeitada que le subía hasta los ojos y mucho pelo en las orejas— le puso algunos inconvenientes por un tema de tachones. La señora protestó: «Es sólo la primera página.» «Justamente, son los datos. Es la más importante.» La señora se apartó, cubrió los tachones con típex y firmó por encima de cada uno. Entretanto, yo hojeaba mi original y comprobaba que no tenía tachones.

—¿Y bien? —me preguntó el hombre de las orejas peludas. Le di el original con una sonrisa algo estúpida. Me la estaba jugando. Si ella lo hubiera registrado...

—¿No tiene tachones?

Negué con la cabeza.

—Está bien.

El hombre de las orejas peludas comenzó a teclear en su ordenador.

—«Fernández», con efe, no «Hernández» —le indiqué, sonriendo.

Él me dirigió una mirada abúlica y corrigió el error. Yo le miraba expectante, con un ligero temblor en las manos. Cuando terminó, se quedó con el ejemplar y dijo con voz neutra:

—Doscientas quince pesetas.

Me busqué ansiosamente en los bolsillos. Cuando salí aspiré con fuerza y solté el aire, meneando la cabeza. Me sentía terriblemente aliviado. En la mano tenía el recibo del registro de la novela que siempre había querido escribir, el apéndice que me faltaba para convertirme en un escritor. Y ahora era MÍA.

Cerré la puerta del piso tras de mí. Vero estaba en la cocina haciendo café y oía uno de mis discos de música clásica. «¿Quieres café?», me ofreció. Le dije que bajara la música, que tenía que trabajar. Me metí en mi despacho, cerré la puerta con llave y me senté frente al ordenador. Llené mis pulmones de aire, dejé el original sobre la mesa y comencé a escribir.

Lo primero que hice fue copiar por segunda vez, en letras mayúsculas, muy grandes y espaciadas, el título. Luego, con una indescriptible satisfacción, me dispuse a transcribir las primeras páginas. A medida que reescribía, me fui apropiando del alma del texto: aquellas eran las palabras que siempre había querido escribir y ahora eran ya mías. Me habían llegado de una manera algo heterodoxa, pero el proceso cuenta poco cuando el resultado es bueno: la novela estaba ahí, las frases se iban sucediendo unas a otras, siguiendo una lógica semántica tan impecable que casi podía presentirlas. Estaba tan excitado que tuve una erección.

Cuando llegó Ana, escondí el original, imprimí lo que había escrito y salí de mi despacho, orgulloso, con un manojo de folios en la mano: las primeras páginas de mi novela. Le di un beso pegajoso en la mejilla y ella me miró, encantada.

—Ves cómo sí que puedes escribir viviendo conmigo. El Arte y el Amor no son tan incompatibles como decías.

—Lleva dos horas ahí encerrado, dale que te pego al ordenador —comentó Verónica.

Yo estaba eufórico:

—¡Vamos a celebrar que he roto el hielo!

Cogí a las dos hermanas por la cintura y le di un besazo a Ana en la boca. Luego, otro a Verónica.

—Eh, ¡que es mi hermana! —exclamó Ana, golpeándome la mano.

Aquella noche las invité a un restaurante caro y no nos privamos de nada.

—Espero que cada día que escribas no tengamos que celebrarlo así, porque si no nos vamos a arruinar —comentó Ana. Yo callé, no quise decirle que mi cuenta estaba a cero y que había sacado dinero con su tarjeta, por no disgustarla en un momento tan especial.

Vero cogió un taxi y nosotros volvimos a casa, abrazados y tambaleándonos de un lado a otro de la calle. Ana se rió al ver las dificultades que tenía con la puerta: «Estás borracho. Déjame a mí.» Le di las llaves y mientras ella se esforzaba en abrir, le levanté la falda y le bajé las bragas. La calle estaba oscura y poco concurrida. «Eh, que estamos todavía fuera; espera a que subamos.» Ana se rió todavía más mientras nos besábamos y entrábamos en el portal. Me acarició la entrepierna y volvió a soltar una risa alegre. «¡Huy, cómo estás! ¡Si cada día que escribas te vas a poner así, esto va a ser Jauja!» Subiendo en el ascensor, continué calentándola. «Espera, espera», me apartó la mano. Entre risas y tropezones entramos en casa, nos arrastramos hasta la cama, nos desnudamos precipitadamente y comenzamos a follar.

—Te quiero —me dijo Ana al oído cuando eyaculé violentamente.

III

—Hay a quien le gustan los toros y a quien le gustan los toreros. A mí me gustan los rejoneadores —me explicó Marta, una vez dentro de la plaza de toros de Zaragoza. Siempre conducía como una loca y habíamos tardado tres horas en llegar. Curiosamente, Ana no había protestado, porque ¿quién podía estar celosa de Marta? Yo me sentía tan satisfecho conmigo mismo que no me importaba perder un día para poder ver a la nueva y pintoresca presa de mi insaciable amiga, y hasta me dejé meter mano mientras me decía: «Mira, ése es, el de la cicatriz en la mejilla, el que nos está mirando.» El rejoneador que me indicaba era un tipo viril, muy moreno, de rasgos gitanos, que nos miraba desde encima del caballo con cara de mala hostia. Marta me apretó el brazo, me dio un beso en la mejilla y saludó con la mano libre. «Ay, me estoy mojando las bragas sólo con verle. ¿Has visto cómo nos ha mirado?» Yo no estaba muy convencido de que me gustara cómo nos había mirado, pero no dije nada. Al final de la tarde, uno de los toreros dio la vuelta al ruedo, la plaza se llenó de pañuelos y Marta se excitó tanto levantando los brazos, que se le desgarró una de las mangas de la blusa, haciendo juego con los habituales carrerones de sus medias.

Cuando terminó el espectáculo, nos metimos en un bar cercano a tomar una copa.

—¿Has visto esa mirada? Está celoso, lo tengo en el bote. Cuando le pille en Madrid no se me escapa. Qué pena que se acabe la temporada —Marta le dio un sorbo a su gin-tonic. Estaba contenta.

Yo le comenté la buena nueva:

—Estoy escribiendo una novela.

—Ya lo sabía. Te pasas el puto día hablando con Mozart de lo mismo.

—No, Marta, no. —Me brillaban los ojos de pura satisfacción—. Esta vez es diferente. Lo que estoy haciendo es bueno. Muy bueno. Fíate de mí, que soy uno de los mejores críticos de este país.

—Eres el único que lo dice, pero al menos estás convencido.

—Va a ser mejor que cualquiera de las novelas de Mozart.

—Eso queda por ver. Mozart es muy bueno.

—Esto es mejor. Ya verás.

—Y con Ana, ¿qué tal?

—Ya he vuelto. Todo solucionado.

Su sonrisa desapareció casi instantáneamente.

—O sea que todavía no tengo posibilidades contigo —dijo en un tono neutro, tan desprovisto de expresión como su rostro.

—¿Y tu marido?

—Estamos separados. Era un animal de bellota.

—¿Y la niña?

—Ahora está de viaje con el colegio. A la vuelta me toca. No sabes qué pocas ganas.

—Ya. —Le di un trago a mi copa. Era ya muy tarde y quería volver a casa cuanto antes para poder trabajar pronto al día siguiente. Se lo dije a Marta.

Ella se comió una aceituna y escupió el hueso al suelo.

—Escribir, escribir. Tú y Mozart os dejáis la vida en los libros. Algún día os arrepentiréis, ya veréis: echadles más polvos a vuestras mujeres en vez de perder tanto el tiempo con libros. Con lo que sabéis, podéis vivir perfectamente de las rentas. Haced como yo, que leo los mismos apuntes desde hace cinco años. ¿Y qué más da? Yo estoy fija. De allí no me quita nadie hasta que me muera. Y encima, igual me hacen decana por antigüedad en las próximas elecciones.

La mañana siguiente repetí el esquema del viernes: me encerré en el cuarto, saqué el original, que estaba cuidadosamente escondido en segunda fila en uno de los estantes de la biblioteca, y me dediqué durante dos horas a copiar meticulosamente un capítulo más de la obra. Apenas me acordaba de Marian. Había una tremenda desproporción entre la insignificante presencia física de esa chica y lo grande que era la novela, *mi* novela. Cuando salí con el nuevo capítulo en la mano, Ana, que estaba sentada en el sofá leyendo lo que había escrito el viernes, se levantó, dejó los folios sobre la mesita de cristal y vino hacia mí con los brazos abiertos.

—Es maravilloso. De verdad. ¿Puedo continuar?

Y se sentó inmediatamente a leer el nuevo capítulo. Algunos minutos más tarde le pregunté algo y apenas me oyó, tan absorta estaba en la lectura.

Por la tarde le comí el coño. Después de correrse, me abrazó y me dijo:

—No quiero que vuelva el Otro, J. No quiero que vuelva nunca más, ¿me entiendes? No podría soportarlo esta vez.

Luego se durmió entre mis brazos con una sonrisa enternecedora. A mí me hizo gracia el tema de «mi otro yo», como lo llamaba ella. Llevaba ya varios días repitiéndome que era otro hombre y yo empezaba a creérmelo.

IV

Pero como todo lo bueno dura poco, las cosas empezaron a torcerse: una mañana Marian se acercó a mí después de clase y me preguntó si había comenzado a leer su novela. «¿Qué novela?», repuse distraído. Había prácticamente olvidado que ella tuviera algo que ver con mi obra. «El original que le entregué la semana pasada», insistió ella. «Ah, eso —dije, acompañando mi expresión despreocupada con un gesto de la mano que pretendía quitarle toda importancia al asunto—. Todavía no he tenido tiempo. A ver si este fin de semana le echo un vistazo.» Sonreí vagamente, al tiempo que me despedía de mi insípida alumna. Camino de mi tinto con casera, volví a pensar con desagrado en aquella chiquilla. Si no fuera por su voz, sería la personificación misma de la banalidad.

Me encontré a Mozart en el bar. Por lo

general esto me ponía de mal humor. A menudo, cuando me cruzaba con él, pretendía no haberle visto y conseguía escabullirme. Pero ese día, contra mi costumbre, me encaminé directamente hacia él. Los músculos de la cara me dolían de tanto sonreír. Mozart, tan encantador como siempre, estaba sentado a la barra con un estudiante. Era un seductor nato. No faltaba año que no recibiera innumerables cartas de amor por debajo de la puerta de su despacho, que tenía por costumbre leer en alto a sus colegas. Hubo incluso un curso en el que se rumoreó que una chica se había suicidado porque él no le había hecho ningún caso. Fueran verdaderos o falsos estos rumores, lo cierto era que Mozart había creado su propio mito.

Mozart me miró, algo molesto por la interrupción, y me presentó al muchacho, un típico empollón con gafitas, de esos que no se matriculaban nunca en mis clases y se pasaban el día peloteando a los demás profesores.

—Un momento, J, y ahora estoy contigo —se excusó Mozart, pero el alumno murmuró que no era importante, que ya se iba, y se despidió con una tímida sonrisa.

—Me ha dicho Marta que estás escribiendo una obra maestra —comenzó mi enemigo, con cierta ironía.

Yo repuse que sí, de la manera más natural posible, y añadí:

—Estoy MUY contento.

—Ya. —Mozart compuso esa expresión de aburrida cortesía que tan nervioso me ponía—. ¿Y de qué va?

—Prefiero no anticipártelo. Me gustaría que leyeras un capítulo y juzgaras por ti mismo... si te interesa. Claro que igual estás muy ocupado...

—Últimamente tengo muy poco tiempo libre —acentuó su mortecina sonrisa—. Y el poco que me queda se lo tengo que dedicar a Carmen.

—¿Y tu novela?

—Estoy un poco atascado. La he dejado de lado hasta que se me vayan ocurriendo más ideas. Ahora estoy trabajando una *novella* —pronunció esta última palabra a la italiana.

—¿Una *novella?* —imité su pronunciación, mostrando cierta curiosidad real.

—Una especie de esperpento: un escritor excéntrico, un Oscar Wilde contemporáneo que se rebela contra la estética imperante y busca la originalidad en lo imperfecto.

—¿Y?

—A fuerza de buscar, se enamora de la mujer más monstruosa que encuentra: enana, peluda, horrorosamente fea.

—Parece interesante. Cuéntaselo a Marta un día.

—Ella no puede creer que él esté verdaderamente enamorado. Él la persigue, intenta seducirla por todos los medios posibles, la acosa. Pero ella está tan acomplejada por su fealdad que cree que es la víctima de algún tipo de apuesta grotesca y lo rechaza continuamente: en su cabeza no cabe la posibilidad de poder gustarle a nadie.

—¿Y el desenlace?

—Él se desfigura, pensando que así franquea la barrera estética que les separa. Entonces ella lo rechaza: sólo le gustaba porque era guapo.

—Muy interesante.

Mozart miró hacia la puerta, siguiendo con la vista el culo de una niña que salía del bar. Luego le dio un trago a su té y continuó:

—Es difícil técnicamente: necesita un lenguaje muy especial, tiene que ser un verdadero esperpento. Pienso publicarlo en los relatos veraniegos de *El País*. De todas maneras, me interesa lo tuyo. Pásamelo en cuanto lo tengas algo pulido y buscaré un hueco.

—Desde luego.

—Bueno, J, te dejo. Por cierto, antes de que se me olvide, muy acertada tu crítica en *Babelia*. Buen palo. Duro con esos chicos.

Me dio un par de golpecitos condescendientes en el hombro y salió del bar. Yo me regocijé internamente pensando en cómo iba a morderse las uñas en cuanto leyera mi novela.

Seguí ocupando mis tardes libres en copiar el original. Mi relación con Ana atravesaba un buen momento. Ella leía todo lo que yo iba imprimiendo a diario y lo comentábamos después de cenar. Estaba tan entusiasmada con la novela, que había convencido a su hermana de que empezara a leerla. Y Vero era de las que —el *¡Hola!* aparte— era incapaz de leer diez páginas seguidas. Sin embargo, allí se pasaba las tardes con su hermana, esperando la próxima entrega. «Es como un culebrón», decía sin ninguna ironía, lo cual, viniendo de ella, era todo un cumplido. A mí se me iban los ojos, porque Vero tenía la costumbre de llevar camisas y camisetas super escotadas, y

Ana, cuando me pillaba, me miraba de manera recriminatoria.

A Ana le extrañaba bastante que me encerrara sistemáticamente con llave en mi despacho. Le resultaba engorroso tener que llamar a la puerta y esperar a que yo abriera cada vez que necesitaba comentarme algo. Yo le explicaba que era una manía de escritor. «Pero antes no lo hacías.» «Pura superstición —argüía yo—; como comencé el libro el primer día que me encerré, ahora es un ritual. Tengo la impresión de que, si no lo hago, perderé la inspiración.» «Ah», se contentaba con decir, mientras yo me lanzaba a hacer una distendida apología de la similitud que existía entre la capacidad creativa —basada en la capacidad asociativa— y la imaginación del espíritu supersticioso, que se había ido perdiendo con el progreso de la racionalidad en las sociedades occidentales. Claro está que era una gilipollez, pero a ella le encantaban esos pequeños discursos llenos de tecnicismos que la reafirmaban en la convicción de hallarse ante un ser excepcional, y me miraba con una admiración que hubiera halagado hasta el sentimiento de superioridad más hipertrofiado.

Un día, sin embargo, ocurrió algo que estuvo a punto de destruir esta apacible vida doméstica.

Fue un miércoles por la tarde, antes de que llegara Ana del trabajo, antes de que me pusiera a escribir. Yo estaba descansando, tumbado en la cama y mirando al techo, en uno de esos momentos, que últimamente se habían convertido en frecuentísimos, en los que me sentía en armonía con mi entorno, en paz con el mundo entero e incluso contento con Ana. Bebía menos y me acababan de pagar. Profesionalmente, había entrado en una fase de buenas relaciones con el departamento y, para redondear las cosas, a mi madre le acababa de tocar la lotería; no era mucho dinero, pero algo me llegaría. Me sentía como un rey Midas afortunado. Ya había pulido los primeros capítulos y se los había enseñado a un lector de una editorial importante, muy amigo mío, que se había entusiasmado y me había dicho que se lo enviara sin ningún tipo de demora en cuanto terminara.

Pero, a pesar de esta coyuntura tan favorable, bastaba el más mínimo contratiempo para que mi frágil psique se desequilibrara.

Y este contratiempo fue la visita de Carmen.

Cuando sonó el timbre, me levanté con esa sonrisa estúpida del que es feliz, expresión que desapareció inmediatamente al abrir la puerta. Hacía años que no la había visto a solas. Digamos que, desde que estaba con Mozart, lo había evitado. Nuestros encuentros se habían producido raramente y siempre en entornos donde la presencia de un numeroso grupo de personas amortiguara la dolorosa circunstancia. Verla allí, en el umbral de la puerta, franqueando de manera tan brusca la barrera psicológica que había trabajosamente construido para protegerme de su recuerdo, volvía a abrir una vieja herida mal cicatrizada. Me remitía a mi antiguo Yo en un esquizofrénico enfrentamiento que destruyó inmediatamente mi paz interior.

—Hola —dijo tímidamente.

Yo me quedé tan sorprendido que no contesté nada.

—¿Puedo pasar?

—Sí, sí, desde luego. Perdona, es que no te esperaba; quiero decir, que estoy sorprendido. Pasa, pasa.

Cerré la puerta tras ella. Carmen entró al salón y miró un poco a su alrededor. Me dio vergüenza que pudiera pensar que el horrible sofá de flores y la ineludible lámpara dorada, ambas «regalo» de la madre de Ana, fueran idea mía. Carmen llevaba una falda oscura que moldeaba un bonito culo poco estropeado por los años. Entre las manos sostenía un bolso que manoseaba nerviosamente. La melenita morena y lisa le caía por encima de los hombros, y su cara seguía teniendo la misma expresión aniñada de los años de facultad, pero con menos gracia. Empezaban a aparecer las primeras patas de gallo en torno a los ojos, esos preciosos ojos verdes que ahora estaban enrojecidos y un poco hinchados, y tenía la piel y los labios algo resecos.

—¿No hay nadie? —preguntó, mirando a su alrededor con cierto nerviosismo.

—Ana todavía está en el trabajo —respondí, algo perplejo.

Se relajó un poco y forzó una sonrisa.

—Te preguntarás por qué he venido —comenzó. Luego se llevó una mano a la cara y, sin poder controlarse, irrumpió en lágrimas. Ante mi sorpresa, me encontré a mí mismo abrazándola para tranquilizarla. La senté en el sofá y le ofrecí un café, que aceptó ansiosamente. Mientras ponía la cafetera en marcha, me metí la mano en el pantalón y disimulé mi erección.

Carmen estaba ya más serena cuando volví a entrar en el salón con una taza de café en cada mano. El color de su falda no pegaba para nada con el color chillón del florido sofá.

—Toma, bebe. Esto te hará sentir mejor —murmuré, sintiéndome el personaje de una pésima novela.

Carmen había dejado el bolso encima de la mesita de cristal, se había sonado y había dejado el paquete de kleenex al lado del bolso, sobre la mesa. La respingona nariz quedó enrojecida. Tomando la taza de café entre las manos, dijo:

—No sabía a quién acudir y al final decidí venir a ti porque también escribes y... —Su rostro volvió a congestionarse como si estuviera a punto de llorar, pero se controló y forzó una sonrisa—. Perdona, estoy muy alterada. Mozart está muy raro... No van bien las cosas, sabes. No le siento. Comienza a comportarse de manera extraña: se encierra para escribir, y eso es algo que nunca había hecho...

—¿Se encierra para escribir?

—No me deja leer lo que escribe y... ¡Estoy segura de que me está engañando!

Esta vez volvieron a surgir las lágrimas. Me acerqué a ella y pronuncié las mismas torpes frases de consuelo. Mientras lo hacía, no pude evitar darle vueltas al tema, buscando explicaciones al comportamiento de mi enemigo: ¡Mozart encerrándose a escribir! ¡Mozart engañando a Carmen! Aquí había algo extraño y misterioso que me concernía directamente. Por mi cerebro fluyeron a vertiginosas velocidades las más incongruentes explicaciones.

—He venido a ti porque le conoces desde hace tiempo... —continuó con voz temblorosa.

—No creo que nadie le conozca mejor que tú.

—Eso creía yo. Pero es que está tan raro. Se encierra y dice que escribe, pero yo sé que no es cierto porque no le oigo teclear. ¡No comprendo lo que puede hacer allí encerrado sin escribir! Y si se lo pregunto, se enfada conmigo... No entiendo nada... Lo siento, ya estoy otra vez.

—Tranquila, seguro que no es nada. Igual es una crisis artística pasajera —insinué, esforzándome por esconder mi regocijo.

¡Mozart en crisis! ¡Oh, delicia! ¡Mi rival hundido en la miseria creativa, en la impotencia! ¡Al fin la vida me hacía justicia!

—Desde que le conozco, no ha dejado de escribir ni un solo día, ni siquiera durante nuestra luna de miel. Me confesó que sólo había parado una vez y fue..., ¡fue cuando se dio cuenta de que estaba enamorado de mí!

Más sollozos y:

—Lo sé, lo siento, pero... ¡está enamorado de otra!

—Que no, mujer.

—Que sí, J. Éstas son cosas que una mujer sabe... intuitivamente, ¿comprendes? —Carmen me miró fijamente a los ojos y, tengo que confesarlo, me volví a poner cachondo—. Eso sí, como sea verdad, como después de tantos años me haga esta putada, yo sabré hacérsela pagar. Y con intereses.

En ese momento alguien llamó a la puerta. «¿Quién coño puede ser a estas horas?», pensé. Abrí y me encontré con Vero. «Pasa, pasa. Has llegado pronto. Ana todavía no está.» Vero entró y pareció sorprendida al ver a Carmen, sentada en el sofá, secándose las lágrimas. «Ah, ésta es Carmen, la mujer de un amigo; Verónica, la hermana de mi novia», les presenté torpemente. «Hola», se dijeron las dos mujeres. Carmen recogió su bolso apresuradamente y se dirigió a la puerta. «Bueno, yo me tengo que ir —murmuró antes de salir—. Muchas gracias por escucharme, J. Ah, y no le digas a Mozart nada, por favor. Hasta luego, Vero, encantada de conocerte.» «Hasta luego», contestó Vero en tono venenoso.

—No es lo que piensas, Vero —dije cansadamente en cuanto se cerró la puerta—. De verdad.

—Por mí no te sientas obligado a explicar nada —dejó caer ella fríamente mientras se dirigía a la cocina—. Me voy a hacer un té.

La seguí, acariciando con la mirada el culo, que imaginaba prieto debajo de los ceñidos vaqueros. De nuevo sentí que me estaba poniendo bruto. La presencia de Carmen había resucitado viejos demonios posesivos que ahora exigían un sacrificio alternativo.

—Eso sí —continuó la muy zorrita—, tendrás que explicárselo a mi hermana. Tengo que confesártelo: nunca me has caído bien y me alegro de que haya ocurrido esto. Seguramente le dará el valor suficiente para dejarte. Siempre te has portado muy mal con ella.

La niña era realmente estúpida, pero estaba buenísima: los labios pintados, ese asqueroso y excitante perfume que se echaba... ¡Y qué calor hacía en la cocina! Comencé a sudar.

—Verónica, no saques conclusiones precipitadas.

—No, si yo no saco conclusiones. Pero Ana sí las sacará.

Llenó de agua la tetera y la puso en marcha. Se había apoyado en el borde del fregadero y me miraba con los brazos cruzados. La cocina era bastante estrecha y yo bloqueaba la puerta. Me pasé la mano por la frente, un sudor agobiante empezaba a empañarme la vista: ¡qué calor! Todavía no había empezado el frío, pero el portero, nada más llegar noviembre, se empeñaba en encender la calefacción del edificio. Me acerqué amenazadoramente:

—No le vas a decir nada a tu hermana, te enteras.

Ella levantó el labio superior haciendo una mueca desdeñosa.

—¿Y cómo lo vas a impedir?

—Es muy sencillo: si le dices algo le contaré lo nuestro.

—¿Cómo lo nuestro?

—Ya sabes lo celosa que es Ana. Seguro que se ha fijado en lo provocativa que vienes últimamente...

—No te creerá.

—Sí después de lo que va a pasar. Está a punto de llegar y tendrás que explicarle qué hacías aquí tan pronto.

—Eres un hijo de puta.

Me dio un empujón e intentó salir de la cocina. Yo la agarré por la cintura mientras ella gritaba: «¡Cerdo, quítame las manos de encima!», al tiempo que la tetera empezaba a silbar. La besé el cuello e intenté desabrocharle los pantalones, pero ella me dio un furioso pisotón en el pie. La solté con un grito. En ese momento sonó el timbre. Vero se apresuró a salir de la cocina y abrió la puerta. Yo todavía tenía el aroma de su puto perfume metido en el cerebro, cuando entró Ana, bolso al hombro y vestida de calle.

—¿Qué ha pasado? ¿Qué ha sido ese grito? —Me miró a mí y luego a su hermana. Vero hizo una mueca extraña con la boca, como si fuera a decir algo, pero tras mirarme, dudó un instante, y murmuró: «Nada.»

—Se me ha caído la tetera en el pie. —Recogí incriminatoriamente el objeto mientras, cojeando, sacaba un par de sobres de té de uno de los armarios de la cocina—. Pero no es nada. ¿Un té, cariño?

Ana meneó la cabeza, dejó su bolso sobre el banquillo, se quitó el abrigo y lo colgó del perchero de madera que había en el vestíbulo, al lado de la puerta, diciendo:

—Qué cosas más raras haces siempre, J. —Entró en el salón y se dejó caer sobre el sofá—. Qué día más cansado he tenido.

Vero recogió su bolso y su carpeta.

—Yo me voy.

—¿No te quedas hoy, Vero? —preguntó Ana, sin levantarse del sofá—. Yo tengo unas ganas enormes de continuar con la novela. ¿Tú no?

—Hoy tengo que estudiar. Vendré mañana.

Acompañé a Vero hasta el ascensor y le susurré al oído: «Hubieras destrozado su felicidad. Ojos que no ven, corazón que no siente.» «Eres un cerdo.» Me dirigió una mirada furiosa. La puerta del ascensor se cerró y volví a entrar en casa.

A partir del día siguiente, Vero vino acompañada de su novio Fernando, quien también comenzó a leer la novela. Mientras yo escribía, encerrado en el despacho, mis tres primeros lectores iban devorando progresivamente la inspirada producción. «¿A que es bueno?», le decía Vero a su novio, un joven estudiante de Económicas asquerosamente engominado y bien vestido, que asentía y seguía leyendo, fascinado. Era un poco poeta, según Vero, y estaba asombrado de mi capacidad creativa: «Y le sale así a la primera, ¡qué tío!» Ana asentía, orgullosa.

V

A Marian le seguí dando largas todo lo que pude. Volvió a preguntarme por la novela y formulé todo tipo de evasivas, asegurando que intentaría encontrar un momento para echarle un vistazo. Pero cuando una semana más tarde volvió a insistir, me vi forzado a admitir que había comenzado a leerla.

—¿Y qué le parece? —preguntó con auténtica expectación.

Carraspeé un poco.

—Si quieres que te haga una crítica, tienes que estar dispuesta a aceptar que sea dura. Ya sabes que yo nunca echo flores.

Marian dudo un momento antes de asentir con la cabeza.

—Claro, una crítica es una crítica.

—Se nota que es la obra de un escritor novel. Cometes muchos errores típicos: un excesivo personalismo, irregularidad del ritmo narrativo..., pero bueno, no está mal del todo —comenté, y pensé añadir «para un principiante», pero estimé que ya había sido suficientemente cruel con ese «no está mal», posiblemente la peor crítica que se puede hacer. La desilusión se hizo evidente en el rostro de mi alumna y aproveché para escabullirme. Con esto me dejaría en paz por lo menos durante un par de semanas.

Por el pasillo me encontré con Mozart, que caminaba apresuradamente. Aceleré el paso hasta alcanzarle y le llamé por su nombre. Él se dio la vuelta y se paró un momento. Parecía preocupado. Anduvimos juntos unos metros mientras hablábamos.

—¿Qué quieres? Date prisa que tengo que ir a secretaría: me han dado unas listas incompletas, me faltan alumnos.

—Mañana te voy a traer un par de capítulos de lo que estoy escribiendo, a ver qué te parece.

—Pensaba que el crítico eras tú.

—Me interesa la opinión de un profesional consagrado.

—Sí, bueno, a ver si encuentro un momento.

Se despidió con un escueto gesto de la mano y se metió en secretaría.

Volví a pillarle al día siguiente en el bar, a media mañana. Le entregué una carpetita con los dos primeros capítulos de mi novela y noté con regocijo cómo leía con interés la primera página.

—Tiene buena pinta —comentó, levantando la cabeza. Estaba de pie, apoyado en la barra. Yo me había sentado en una banqueta. A nuestro alrededor había grupitos de estudiantes ocupando las mesas y manteniendo anodinas discusiones para lucir sus recién adquiridas nociones teóricas de tercera mano.

—¿Te sorprende?

—Sí, bueno. Es... tan natural. No parece... —Meneó la cabeza, descartando el pensamiento, y me sonrió—: Te has soltado con fuerza. Tendré que leerlo con más detenimiento.

—Tómate el tiempo que quieras. —Cogí de encima de la mesa el libro que llevaba conmigo—. El resto te lo pasaré cuando esté terminado, posiblemente cuando lo publiquen. He hablado con José Antonio, el lector, tú le conoces, y dice que su editorial está muy interesada. ¿Y tu *novella?*

Mozart palideció y me miró con dureza a los ojos, luego suavizó la expresión.

—Me he tomado unas vacaciones. Necesito descansar un poco —confesó, no sin cierto esfuerzo.

Contuve a duras penas mi sonrisa. ¡O sea que era cierto! ¡Mozart estaba seco! ¡Qué satisfacción tan grande oírselo decir a él mismo! Por un momento me lo imaginé de rodillas, pidiéndome perdón por todas sus afrentas pasadas, y me vi a mí mismo juez de su existencia, tras haber sido consagrado por la crítica como valor supremo de la literatura hispánica contemporánea. Le concedería la gracia de unas escuetas líneas en mi autobiografía: «Oh, sí, aquel escribidorcillo que conocí en la facultad. Nunca supo comprender mi talento. Sólo se dio cuenta cuando ya era demasiado tarde y se quedó tan deslumbrado que nunca más volvió a escribir, a sabiendas de que jamás podría competir conmigo. Así era él de pretencioso: o todo o nada, y se quedó en la nada. ¡Y pensar que le llamábamos Mozart! ¡Qué contrasentido tan cruel!»

Marta entró en el bar, nos saludó a los dos y pidió un tinto con casera. Yo vacié mi caña, dejé mi taburete libre y dije que me tenía que ir.

—Tómate algo, J —me incitó Marta.

—Lo siento, hoy quiero llegar pronto a clase.

—Muchacho, cómo has cambiado. Nunca pensé que llegaría a oírte pronunciar esas palabras —exclamó ella.

—Marta y yo vamos a ir a un concierto de música clásica esta tarde, ¿quieres venir? —añadió Mozart.

—Lo siento, tengo que escribir —repuse sonriendo, y salí del bar, murmurando en voz baja: «Mozart, estás acabado.» No había más que verle con Marta: aquel Mozart sin talento resultaba tan grotesco como ella. Había perdido la seguridad en sí mismo y ya no sonreía como antes. Pronto, cuando mi novela se publicara, sería yo quien sonriera con la autocomplacencia del Mozart de antaño. Saldría en los periódicos, sería famoso. Mi clase se llenaría de las alumnas que dejaran la suya, y que me mirarían con la misma idolatría con la que Ana me miraba ya. Por la calle, la gente me señalaría con el dedo y exclamaría: «¡Ése es J, el escritor!» Me pedirían autógrafos, me perseguirían. Por supuesto que en cuanto fuera famoso dejaría a Ana. Ya no la necesitaría, porque tendría el dinero necesario para pagarme un chalecito en una buena zona residencial, con piscina, jacuzzi y cuatro tailandesas que me dieran masajes todos los días, y, cada noche, una puta de lujo o, quizá, una top model. Haría todas las burradas que fueran necesarias para convertirme en un mito. Dejaría de lado toda palabrería conceptual para convertirme en el nuevo maldito de la literatura: una especie de Burroughs, Bukowsky y Henry Miller juntos. Todo el mundo hablaría de mí. Yo lo sería todo; y Mozart, nada...

Estos pensamientos me excitaron tanto que, en cuanto llegué a casa, tuve que masturbarme para tranquilizarme y poder trabajar.

Viví en este sueño hasta que un día sucedió algo que rompió todos mis esquemas de futuro: según iba andando despreocupadamente hacia una de mis clases, vi a Marian hablando con Mozart. Esta escena imprevista disparó mi paranoia. Hasta ese momento la existencia de Marian había sido algo periférico a mi obra, un hecho casi accidental. La consideraba un mero agente de la Providencia destinado a propulsarme hacia la fama. Nada había realmente que ella pudiera hacer: la novela estaba registrada a mi nombre, la legalidad estaba de mi parte. Algo así debía de haber imaginado, aunque la verdad es que había estado tan inmerso en mi propia euforia creativa que apenas había pensado sobre el tema.

Ése había sido mi error.

Ahora, viéndoles hablar juntos en el pasillo, me di cuenta. ¿Y si le estaba hablando a Mozart de la novela? Entonces me habría descubierto. Y me convertiría en el hazmerreír de toda la facultad. «Tranquilidad —me dije—. Tranquilidad. Todavía no sabes lo que ha pasado. Todavía no tienes más que una mera suposición.» Durante los diez metros que me separaban de aquellas dos personas me concentré en construir con meticulosidad una máscara de distracción inocente en mi rostro. Mis sentidos estaban tan concentrados en Mozart y en la chica, que toda la demás gente que circulaba por el pasillo a nuestro alrededor había desaparecido. Para mí, en aquel momento, sólo existíamos los tres. Observé que Mozart llevaba la carpetita de color verde, con las siglas de la Autónoma, que yo le había dejado el otro día.

Contuve la respiración y saludé con toda naturalidad al pasar. El momento se hizo eterno. Marian estaba de espaldas y no me había visto. Mozart levantó el brazo para contestar a mi saludo y continuó hablando.

Concentré todo mi sentido auditivo en aquella conversación.

¡Se lo estaba contando! ¡Estaba seguro! ¡Había oído la palabra «novela»! ¡Ella se lo estaba contando! Mientras me arrastraba hasta mi clase, pude imaginar a mis espaldas la humillante sonrisa de mi enemigo. A la entrada del aula de Filología tropecé con alguien y casi caí.

—Perdón —murmuró un desconocido, y oí alguna risita que otra, las cuales, aumentadas por mi hipertrofiada sensibilidad, sonaron como si el mundo entero se estuviese riendo de mí. ¡Ése es el que le ha robado la novela a su alumna! Podía hasta sentir cómo me apuntaban con el dedo a mis espaldas.

Enrojecí, me puse como un tomate y me di la vuelta hecho una furia, pero al ver las caras sorprendidas de los estudiantes me di cuenta de que las risas eran debidas al chiste del gracioso de turno. Me alejé de allí todavía más alterado: estaba delirando, me estaba volviendo loco. Lo que estaba sucediendo era demasiado para un hipocondríaco como yo.

Durante la clase estuve distraído y no hice más que mirar a Marian. Me observaba con ojos neutros, pero no pude evitar ver en ellos una frialdad despectiva. «Impostor, me estás robando las palabras, usurpas mi personalidad porque no eres nadie, porque no tienes nada dentro, nada que dar, eres rencor y envidia.» Casi la podía oír. Y Mozart seguro que haría que aquella historia recorriera la facultad. Era incluso capaz de escribir una novela, igual hasta se metía dentro de mí y la escribía en primera persona. Este pensamiento resultó tan terrorífico que me hizo sentir vacío. Ante el contacto con la nada, sentí un terrible vértigo, un ataque de angustia existencial como hacía años que no sufría.

—¡NOOOOOOO! ¡NO! ¡NO! ¡YO SOY YO! ¡EXISTO!

Una voz temerosa dijo:

—Perdone, ¿le pasa algo, profesor?

—No, nada —me encontré diciendo.

¡Qué vergüenza! Había gritado en mitad de clase. Los estudiantes de primera fila se habían acercado, asustados. Entre ellos pude ver a Marian, sonriendo despiadadamente.

—Perdona —murmuré, pero rectifiqué en seguida—: Perdonad. No ha sido nada. Voy un momento al baño.

Me levanté y salí torpemente de la clase, cerrando la puerta tras de mí. Esperé por un momento escuchar carcajadas, alentadas por la estridente voz de Marian, pero sólo hubo algunos respetuosos murmullos.

Dentro del cuarto de baño, me refresqué la cara, me miré al espejo y tuve la desagradable impresión de ver mi rostro diluirse con el agua. Me maldije por haber dejado la petaca en casa. Cerré los párpados y al volverlos a abrir me encontré con los insignificantes rasgos de siempre. Estaba perdido. Tenía que huir de mí mismo, acabar con mi miserable existencia o ahogarla en cualquier nombre falso que me permitiera escapar de la humillación que me esperaba. Podía anticipar ya el sarcasmo de las brillantes frases de Mozart cuando transcribiera mi anecdótica vida. Esta vez me mordí los labios para no proferir otro grito.

Salí del baño repasando mentalmente las diversas maneras de ultimar el tema: podía pegarme un tiro en la cabeza, colgarme, o simplemente cortarme las venas en la bañera —este último sistema parecía el menos doloroso, aunque sería el más traumatizante para Ana—. Marian, que esperaba en el pasillo a la puerta de clase, se acercó con aire preocupado y me preguntó si me sentía mejor.

—Una crisis de angustia —murmuré—. Me pasa a menudo. No es grave.

Sonreí frágilmente y al contemplar su rostro, que parecía tan inocente, vislumbré un claro en medio del borrascoso cielo de mi conciencia: ¿y si no lo sabía?, ¿y si habían hablado de otra cosa?, ¿y si todo eran imaginaciones mías? Por un momento recuperé la esperanza: mi sueño era todavía posible a pesar de esa espada de Damocles que Marian y Mozart habían colocado sobre mi cabeza.

En todo caso, la certeza del peligro había inundado mi ser revelándome un imperativo trascendente: tenía que actuar. Apreté los dientes con determinación mientras continuaba la clase. Algo había cambiado en mí aquel día. El vertiginoso suceder de mi imaginación me había situado al borde del abismo. Ahora tenía que saber. Y si la realidad confirmaba mis sospechas, estaba dispuesto a todo con tal de salvaguardar mi futuro: mi autorrealización dependía de ello.

Después de clase seguí a Marian con el firme propósito de averiguar exactamente qué le había contado a Mozart. No pude hablar con ella porque iba protegida por un grupito de insidiosos alumnos. Les seguí a distancia hasta la salida de la facultad, esperando que se quedara sola en algún momento, pero se subió al autobús con los demás. Antes, sin embargo, me dirigió una enigmática mirada.

Me pasé la mano por el pelo, nerviosísimo. ¿Qué quería decir esa mirada? ¿Qué tenía que hacer para evitar la catástrofe? Pensé en Ana: ella me dejaría en cuanto supiera la verdad, o igual no, pero el peso de su desprecio me hundiría. Quedaría encadenado a ella para el resto de mi vida, víctima de la dependencia emocional que la destrucción de mi ego artístico engendraría inevitablemente. La independencia que el poder me iba a garantizar quedaría fuera de mi alcance, tendría que renunciar a la posibilidad de aislarme de la masa y mi existencia se vería ahogada en el anonimato general. Toda mi vida sería un profesorucho de mierda, un alcohólico incapaz de afrontar su inexistencia artística. ¡No sería nunca nada! ¡No sería nunca nadie! Por tercera vez en aquella tarde volví a angustiarme: no sería nunca nada, nada, nada, NADA. Cerré los ojos con fuerza.

Pero todavía no estaba todo perdido. Todavía quedaba una vía de posible escape a la mediocridad existencial...

Abrí los ojos de nuevo. Estaba dispuesto a cualquier cosa para entrar en el Olimpo del Arte. El Arte era para mí LA ÚNICA REALIDAD; el respeto a la vida humana no era más que una pálida abstracción a su lado. Los seres humanos no éramos iguales en función de una dudosa capacidad cognoscitiva. No, nada de eso. Sólo los artistas tenían una existencia plena en función de su capacidad imaginativa: ellos eran los únicos sujetos reales, los únicos capaces de recrear la realidad espiritual de cada época. Los demás no eran más que la masa prescindible, los objetos del Arte, pálidos reflejos de la verdadera existencia. Yo sería un artista reconocido, costase lo que costase. La novela de Marian era mi pasaporte a la eternidad, pero primero...

Con el valor irracional de quien se juega la vida en el acto, tomé una decisión irrevocable: tenía que matarla.

Y a Mozart, si se interponía, también.

Cogí aire y respiré profundamente un par de veces mientras me dirigía hacia mi coche, que se hallaba unos metros más allá, en el aparcamiento de la facultad. Miré al sol: ahora lo veía todo claro. Me imaginé un mundo sin Mozart y sin Marian y de repente me pareció un mundo infinitamente mejor. Pero no sólo para mí. Él no era un verdadero creador, no era más que una especie de parásito vital que desvirtuaba la realidad con sus torpes transcripciones. ¿Quién no se alegraría de la desaparición de un sujeto semejante? Era higiénico eliminar a alguien que empañaba con tan frívola autocomplacencia la imagen que el mundo tenía del artista. Esta imagen había que modificarla. ¡Yo la iba a purificar! Sería el prototipo del artista. Actuaría como un ser superior, un verdadero superhombre; despreciaría a la humanidad en general, glorificada por esa morbosa contradicción que suponía la democracia de masas. ¡No! Tan sólo podía existir una verdadera igualdad en la república de los creadores, aquella iglesia espiritual que yo encabezaría. Yo sería su insignia y le ofrecería al mundo mi obra. Sacrificaría a la intermediaria circunstancial que me había ayudado a llegar a la verdadera autoconciencia del artista. Ella todavía no había adquirido esa conciencia. Es decir, todavía no *era* una artista y por lo tanto no era un *verdadero* crimen acabar con su hasta ahora insignificante existencia.

Cerré los puños. Sí. Yo sabía cómo debía ser el verdadero artista y en ello radicaba mi misión en este mundo: ser reconocido como artista para convertirme en su guía y enseñarles el camino. La tarea era trascendental. Yo era el enviado de una voluntad sobrehumana: el Gran Creador, a cuya imagen y semejanza estábamos hechos los artistas, me había indicado mi misión al hacer llegar la novela a mis manos. Nada de lo que me había ocurrido desde entonces era casual. Todo se ceñía a un plan porque todos somos personajes de novela bajo la batuta del Gran Escritor...

Armado de mi recién descubierta fe, me sentí sosegado: todo entraba dentro de una lógica que me trascendía. Yo no tenía ninguna responsabilidad sobre mis actos. Experimenté un gran alivio. Me metí en el coche y mientras me dirigía a casa sentí un impulso repentino y estuve a punto de dar un volantazo. De repente había percibido con terror la fragilidad de mi existencia, ¿qué valía yo si un simple volantazo podía acabar conmigo? Y dentro de la multitud de alternativas que se abrían delante de mí, ¿por qué seguía por el camino correcto?, ¿qué es lo que me alejaba de todos esos accidentes que podían destruirme en cualquier momento? Mi exigua voluntad no podía ser lo suficientemente fuerte como para mantenerme dentro de la estrecha vía de la supervivencia individual. Sólo una voluntad superior podía garantizar mi seguridad: Él me mantenía vivo para que yo prosiguiera mi tarea y recreara nuevos mundos cuando mi novela resonara en millones de conciencias receptivas, continuando así la obra del Gran Escritor no escrita. Un repentino vértigo se apoderó de mí al pensar en la inmensidad de esta infinita conciencia recreándose continuamente en el tiempo y el espacio.

Al llegar a casa me abalancé sobre la botella del despacho. Sintiéndome mejor después del largo trago, me dirigí al armario de la habitación y de debajo de la ropa de invierno saqué una vieja Luger que había usado mi abuelo durante la guerra civil. La cargué con unas balas que me había agenciado durante mi época de estudiante una vez que quise suicidarme, lo que me costó un mes de cura de sueño. Esperaba que todavía funcionara, porque era el único arma que tenía a mano. Presentía que el arma blanca resultaría mucho más desagradable.

Nada más meter el cargador, sonó el teléfono. Ana lo había dejado sobre la mesilla.

—¿Sí? —respondí al cogerlo, todavía con la pistola en la mano.

—Oye, ¿J?

—Hola, Marta, ¿qué pasa?

—¿Quieres que te cuente las buenas noticias?

—Dime.

—Hoy me siento mujer.

—¿Sí?

—Ayer noche me tiré al rejoneador. Ya te dije que éste no se escapaba, lo tenía bien fichado. No sabes lo excitada que me puse cuando me llamó.

—Enhorabuena.

—Qué peludo era, no te lo puedes ni imaginar. Tenía pelos por todos lados, un verdadero oso.

—Tengo prisa, Marta. No sabrás dónde puede estar Mozart ahora mismo.

—Sí, hombre, está en casa. Le acabo de llamar para contárselo. Me ha pedido todo tipo de detalles, dice que lo quiere escribir. Yo he exagerado un poquito las cosas y me he puesto en plan vicio, como la Sharon Stone...

—¿Y no te ha dicho nada? —pregunté,

dándole vueltas a la pistola entre las manos. Estaba todavía de pie, al lado de la cama.

—¿Sobre qué?

—Sobre mí.

—No, nada. ¿Por qué?

—¿Y sobre mi novela?

—Tampoco.

—¿Y sobre una chica...? —comencé, pero me callé a tiempo.

—¿Sobre qué chica?

—Una.

—Qué enigmático estás hoy, tío.

—Sí, bueno. Mira, Marta, te corto, que voy a salir.

—¿No te apetece tomar algo esta tarde? Te puedo contar mi noche.

—Otro día, ¿vale?

—Vale.

—Hala, hasta luego.

Me senté en la cama y llamé a Mozart. Si estaba en casa, iría ahora mismo a matarle. Y luego mataría a Marian, y a lo mejor a su familia y a su novio, si es que tenía; mataría a todo el que supiera algo sobre la novela, no me importaba, el Arte estaba por encima de todo. Me encarcelarían, seguro, pero podría continuar escribiendo y el suceso le daría publicidad a la novela: al público le encantan estas cosas. Apunté con la pistola a una foto de Ana que había encima de una mesilla: y a ella también, por pesada; no soportaría tenerla visitándome todos los días. «Pum», murmuré mientras marcaba el número de teléfono de Mozart.

Contestó Carmen, que fingió no reconocerme. A ti también te mataré, cabrona, pensé, manoseando cada vez más el gatillo. Luego se puso mi objetivo.

—¿Sí?

—Hola, Mozart, soy J. («Te voy a matar, hijo de puta.») —Me esforcé por que mi voz sonara cordial.

—¿Qué tal, J?

—Dime, ¿qué te ha parecido mi novela?

—Muy bien. Es excelente; de verdad que me ha sorprendido.

—¿Ah, sí? («Estás tomándome el pelo, cabrón; te voy a agujerear entero.»)

—Sí, de verdad. Estoy deseando que acabes para leerla. El otro día hablé con José Antonio y me dijo que él también y que su editorial no puede esperar a que termines para publicarla. Muchacho, parece que tienes algo bueno entre las manos. Felicidades.

—Dime qué te ha dicho Marian.

—¿Cómo?

—No juegues conmigo, Mozart. Dime qué te ha dicho.

—No sé de qué me estás hablando, J.

Hubo un silencio. Manoseé todavía más la pistola, la mano me sudaba. ¿Sería posible que no lo supiera?, ¿estaba jugando conmigo? Pensé: «Mejor pegarle un tiro, sólo por si acaso.»

—¿J...?

—Sí. —Decidí tantear un poco más el terreno.— Perdona, es que estoy un poco nervioso. Quería preguntarte si has hablado con Marian.

—¿Quién es Marian?

—La chiquilla de la voz estridente con la que estabas hablando esta mañana.

—¡Ah, ésa! Una alumna muy agradable, la tengo en clase.

—¿De qué hablasteis? —insistí, todavía nervioso.

—De la novela que ha escrito. Dice que quiere mandarla a un concurso.

—¿Te habló de la novela?

—No, la verdad es que no.

—¿Te dijo el título?

—Tampoco. Sólo me explicó que era una obra de ficción y yo le recomendé un par de concursos universitarios y le conté un poco cómo había empezado a publicar yo. Luego se metió en clase, contigo, creo. Pero vamos a ver, ¿a qué viene tanto interés por ella?, ¿qué demonios te pasa?

—Nada. —Dejé caer la pistola encima de la cama—. Entonces, ¿no te contó nada de la novela?, ¿ni siquiera mencionó el título?

—No. Sólo me dijo que era una obra de ficción y que quería presentarse a un premio, ya te lo he dicho. Yo le recomendé el J. B. y otro más, y luego le conté un poco cómo funcionaban las cosas. De todas maneras tú dedícate a tu libro, que es lo que tienes que hacer. Tiene toda la pinta de ser el libro del año. Date prisa, antes de que te robe ideas.

Le creí: Mozart era tan egocéntrico que seguramente habría abrumado a la chica con su apasionante discurso sobre sí mismo sin dejarle decir dos palabras. Sentí un alivio creciente. Al apagar el inalámbrico, se apoderó de mí un terrible cansancio y me tumbé en la cama. El estrés de aquel día me había agotado.

—¡Dios mío! —Ana me despertó de mi siesta con un grito.

—¿Qué pasa?, ¿qué pasa? ¿A qué viene

tanto escándalo? —me incorporé y me restregué los ojos.

Estaba de pie en el umbral de la puerta, mirándome con la boca y los ojos muy abiertos. Llevaba un abrigo largo y el bolso colgado al hombro.

—¡Pero J!, ¿qué haces con esa pistola en la cama? Creí que te habías pegado un tiro. Como siempre lo dices cuando estás deprimido y te he visto ahí, tan quieto...

—Tranquilízate, coño, que no pasa nada.

—Los escritores sois todos unos neuras. ¿De dónde has sacado esa pistola?

—Es un recuerdo de la guerra. Era de mi abuelo. De todas formas, no funciona.

—Bueno, pues dámela que la tiro a la basura ahora mismo.

—Eso ni hablar. Es un recuerdo de familia. —Agarré la pistola.

—Pues que no la vea danzando por casa que te la tiro, lo juro. ¿Seguro que no funciona? ¿Me lo prometes?

VI

Al despertar por la mañana, todo el día anterior me pareció un mal sueño. Aquellos macabros pensamientos se habían hundido en el difuso pantano donde la memoria ahoga todas las reflexiones que nunca se traducen en actos.

Pero dos cosas habían quedado claras: la necesidad de eliminar a Marian y la conciencia de ser el instrumento de un plan divino. Desde que había tenido la súbita intuición de esa voluntad superior, no podía evitar tener la inquietante impresión de sentirme observado.

Me incorporé con sumo desagrado, apagué el despertador y bostecé. Ana hacía ya un par de horas que se había marchado. Subí las persianas y dejé que los rayos de sol inundaran la habitación. Hice la cama algo desganadamente y me dirigí a la ducha. Mientras me jabonaba le di vueltas a la manera de acabar con el peligro que suponía la existencia de Marian y repasé las posibilidades que tenía. Como estaba de un humor menos negro que el día anterior, la idea de suprimirla físicamente me causaba cierta reticencia. Implicaba numerosas dificultades, y la principal era mi falta de experiencia: nunca había matado a nadie e intuía que esto no resultaría tan fácil como en las novelas. Podía pagar a un matón, sabía que existían empresas dedicadas a este oficio, pero no tenía ningún contacto en ese mundo y seguramente tampoco los medios económicos necesarios. Hiciera lo que hiciera, lo tendría que hacer solo, sin ayuda de nadie. Tras repasar diversas posibilidades tuve que descartar casi todas. Cortarle la lengua para que no hablara, siempre dejaba la posibilidad de que pudiera escribir. Además, dudaba de que mi sensibilidad pudiera soportar tal mutilación. El chantaje implicaba demasiados riesgos, y una coacción convincente era muy difícil de conseguir.

En el coche, camino de la facultad, continué dándole vueltas a las posibles alternativas. Finalmente opté por el secuestro, que fue lo que en teoría me pareció menos violento y más efectivo. Como siempre que uno toma una decisión complicada, me sentí mucho mejor una vez dejado atrás el momento de las cavilaciones. Ahora sólo quedaba solucionar los detalles prácticos: del campo de la teoría había que pasar al de la acción. De nuevo me encontraba con la contrariedad que suponía el *amateurismo* en esta especialidad poco ortodoxa de las actividades sociales del hombre. Tendría que superar mi hándicap solo, porque no podía contar con nadie, excepto con la petaca, que volvía a acompañarme.

Durante las clases de la mañana estuve distraído. En especial con los de cuarto, que era el curso de Marian. No podía evitar que mi mirada se posara recurrentemente en ella mientras repasaba mentalmente las fases necesarias de mi plan. Esta corriente alternativa de pensamiento hizo que me trabara varias veces a lo largo de mi discurso. En un momento tuve un lapsus refiriéndome a un pasaje determinado y «el salto semántico» se convirtió en «el rapto semántico», lo que provocó alguna que otra risita estúpida en el aula. Al finalizar la clase, Marian se acercó para preguntarme por su novela. La oportunidad de fijar una fecha para el secuestro se me estaba sirviendo en bandeja de plata. Sonriendo, le dije que, si quería, podíamos quedar el lunes.

—¿Pero te ha gustado? —insistió.

—Bueno, ya sabes que las críticas suelen ser bastante desagradables para el que las recibe. Hablaremos con la novela encima de la mesa el lunes —respondí evasivamente, y luego añadí con una sonrisa inocente—: A propósito, ¿se la has enseñado a alguien más?

Ella negó con la cabeza.

—¿No la ha leído nadie?

—Le he leído algunos pasajes a mi madre, pero es mayor y no le interesa mucho la literatura. No hace más que decirme que deje de perder el tiempo con tonterías y que me dedique a algo práctico.

—¿Y no se la has dejado a nadie más?

—No he querido enseñársela a nadie antes de que usted me dijera lo que piensa.

Chasqueé la lengua:

—No me trates de usted, haz el favor.

—Sí, perdona.

—Bueno, pues hablamos el lunes —me despedí.

Por el camino me dije a mí mismo que había tenido suerte: había una complicación nueva, la madre, pero podía haber habido muchísimas más. Ya pensaría qué hacer con ella más tarde. Teniendo a Marian secuestrada sería fácil hacerle mantener la boca cerrada a una vieja. Por ahora, los problemas que tenía eran de índole meramente técnica.

Repasando de nuevo todo lo que necesitaba, al llegar a casa por la tarde elaboré la siguiente lista:

— furgoneta
— cuerda
— esparadrapo
— sedantes
— éter
— mantas.

El tema parecía relativamente sencillo, no podía haber demasiadas complicaciones. El arma coactiva sería la Luger de mi abuelo. El lugar del cautiverio era más problemático: la casa de mis padres en Cercedilla, que estaba abandonada, era ideal como escondite, pero tendría que habilitar e insonorizar el sótano. Por lo demás, estaba lo suficientemente alejada del pueblo como para que no hubiera ningún problema adicional. Yo visitaría el lugar regularmente y dejaría al huésped bien atado y amordazado; si resultara necesario le rompería las piernas, y, por si acaso, me haría con unas esposas.

Cogí el boli y al final de la lista añadí:

— esposas.

Con esto bastaría. La furgoneta se la pediría a mi sobrino Miguel, que trabajaba repartiendo periódicos. Como tocaba en un grupo de música y mi madre me había dicho que acababan de insonorizar un garaje para utilizarlo como local de ensayo, le llamaría para que me dejara en condiciones el sótano.

Volví a leer la lista. Me pareció bastante completa, no encontré nada más que añadir.

Lo primero que hice fue llamar a casa de mi hermano para hablar con Miguel. El teléfono lo cogió mi cuñada y me dijo que estaba fuera. Pregunté a qué hora volvía.

—Tiene clase hasta las diez. Si llamas a y media seguro que está.

Dejé el recado y salí a la calle con mi lista. Compré esparadrapo y cuerda en una droguería. Luego me crucé en la Gran Vía con un moraco que conocía y le pregunté quién podía tener valium. «Yo te los puedo conseguir. ¿Cuántos quieres?» Dije que unos veinte y él frunció el ceño. «Uf, espérate aquí. ¿No quieres nada más? ¿Jaco, coca? ¿Pastillas, costo? —Negué con la cabeza. Luego lo pensé mejor—. ¿Éter? ¿Y para qué coño...? Vale, vale, no es cosa mía. Ya veré cómo me las apaño. Tendrás todo mañana.»

Media hora después entré en una farmacia y compré jeringuillas y Diazepán. «¿Vía oral o intramuscular?», preguntó la farmacéutica. «Las dos. Dos cajas de cada.» Era uno de los sedantes, ansiolíticos y anticonvulsionantes que me habían *recetado* durante mi cura de sueño. El pinchazo era muy efectivo. Luego, en un sex-shop de Gran Vía, en la sección de masoquismo, compré unas esposas y de paso me hice una paja en el peep-show, donde vi a una mulata cachondísima. Mientras hojeaba una revista, se me acercó un viejo encorvado y dijo:

—Qué suerte tenéis los jóvenes, no lo sabéis bien. A vuestra edad se puede hacer de todo. A la mía tengo que andar con todos estos espráis...

Ana estaba en la ducha cuando volví a casa. Me apresuré a esconder las cosas en una de las estanterías cerradas de mi despacho, detrás de unos libros, y empecé a hojear el *¡Hola!* que había en el salón. Luego le eché un vistazo al manojo de folios que había sobre la mesa y los conté. Ciento cinco. A este ritmo terminaría la primera pasada en dos semanas. Otras dos más para corregir, que no habría demasiadas correcciones, y habría terminado.

Ana salió del cuarto de baño y me encontró todavía en el salón, viendo la tele. Llevaba una toalla enrollada alrededor del cuerpo y otra, en forma de turbante, recogiendo el pelo.

—¿Dónde has estado? —preguntó muy seria.

—He ido a ver a mis padres.

—No es verdad. Acabo de llamar a tu casa porque estaba preocupada. ¿Dónde has estado?

—Bueno, lo confieso. Me he tomado un par de copas y he pasado por un sex-shop.

—¿Es verdad eso?

—Lo juro. —Levanté las manos en alto.

—¿Seguro que no me estás engañando con otra? —Ana se interpuso entre la tele y yo.

—No digas tonterías y dame un beso, anda. —La agarré por la cintura e intenté quitarle la toalla.

Ella se apartó bruscamente.

—No me lo puedo creer. O sea que estabas en uno de esos sitios viendo a una zorra cualquiera mover el culo y ahora quieres tocarme. Eres un cerdo.

—Por eso te gusto. —Sonreí y me levanté para intentar cogerla de nuevo.

—Quítame las manos de encima, que además estoy con la regla. —Se volvió a apartar, se metió de nuevo en el cuarto de baño y cerró con llave, dándome con la puerta en las narices—. ¡Ah, ha llamado Marta! ¡Que la llames! —gritó desde dentro.

Llamé desde el salón, pero Marta no estaba en casa. Me contestó su hija y dejé el recado. Al colgar, sonó el teléfono.

—¿J...?

—Ah, hola, Carmen, ¿qué tal estás?

La puerta del cuarto de baño se abrió violentamente y Ana, en bragas, se abalanzó sobre mí, gritando: «¡¿Quién es esa Carmen?!» Cubrí el teléfono con la mano, irritado: «Es la mujer de Mozart.» Ana se cruzó de brazos y se sentó a mi lado.

—Perdona, Carmen, era mi novia. ¿Qué me decías?

—«Perdona, Carmen» —imitó Ana, torciendo el labio.

—Lo siento, J... La verdad es que te llamaba para hablarte otra vez de Mozart.

—¿Qué le pasa?

Silencio. Luego:

—Estoy segura que me engaña con otra.

—No, mujer, no. Mozart no es así.

—Yo... Me da mucha vergüenza decírtelo, pero es que si no me voy a volver loca. Últimamente leo todas sus cartas, registro sus chaquetas y veo indicios de todo en cualquier lado. Odio lo que está haciendo conmigo. Me está transformando en lo que más desprecio: una mujer celosa.

—Ya. —Miré significativamente a Ana, que había acercado la cabeza al auricular y seguía escuchando. «La pobre», comentó comprensiva.

—Es que... No sé cómo decírtelo, me da tanta vergüenza...

—¿El qué?

—Te quiero pedir un favor.

—Dime qué y haré todo lo que esté en mi mano para ayudarte.

—«Y haré todo lo que esté en mi mano» —volvió a imitar Ana.

—Te iba a preguntar si le has visto con alguien últimamente. Es decir, no sé si me entiendes...

—Perfectamente. Pero de verdad que no le he visto con nadie. Vamos, nadie que no conociera o que me hiciera sospechar algo...

—Es que está tan raro desde que no escribe...

—Será una crisis pasajera, Carmen.

Ana se levantó y salió de la habitación sin poder evitar que le diera una sonora palmada en las nalgas. «¡Cerdo!» Cuando colgué, volvió a salir, ya vestida, entró en la cocina y puso el agua a hervir.

—Hazme un té a mí también.

—Compadezco a la mujer de tu amigo. Todos los escritores sois iguales: unos egoístas y unos neuras. Bueno, mi pequeño Kafka, supongo que ahora te encerrarás para trabajar, ¿no?

—Dentro de un rato. —Subí el volumen de la tele.

Sonó el timbre. Ana abrió la puerta y entraron Verónica y su novio. Esto me indicó que ya era hora de trabajar. Me metí en el despacho, pero no sin antes dirigirle a Verónica una mirada lasciva.

Mientras escribía pensé en lo que me había contado Carmen. Sentía que de alguna manera estaba relacionado con mi historia. Era muy extraño que Mozart se enccrrara para escribir, es decir, para no escribir. Porque el que yo lo hiciera tenía una justificación muy racional, pero ¿y él? Quizá, abrumado por lo bueno que era lo poco de mi obra que había leído, quería imitarme en mi peculiar comportamiento para ver si así le llegaba la misma inspiración. Sonreí: la explicación me gustaba.

Ana casi no habló durante la cena y ni siquiera me comentó las correcciones del día. Vero y su novio se fueron justo después. Al quedarnos solos le pregunté a Ana si no le apetecía bajar conmigo a tomar una copita, pero dijo que no, que estaba cansada, y que se iba a acostar pronto. «Pero vete tú», añadió, encendiendo la tele.

Telefoneé a casa de mi hermano desde el bar de enfrente. Eran ya las once. Contestó Miguel. «¿Qué tal te va? Soy el tío J.» Le dije que necesitaba urgentemente que me insonorizara el sótano de la casa de Cercedilla este fin de semana. Le expliqué que se lo iba a alquilar a un grupo de rock del pueblo para rentabilizar un poco el inmueble. Me preguntó cómo se llamaba. Dudé un momento; luego dije: «Mozart está muerto.» «Buen nombre. Mola.» Me explicó que su local lo habían insonorizado en plan cutre con planchas de corcho. Dije que daba igual y le ofrecí veinte mil pesetas si me lo hacía antes del lunes. Miguel no preguntó más. También le comenté que necesitaría la furgoneta el lunes para traerme uno de los armarios de Cercedilla. «Si quieres, te ayudo», se ofreció. «Gracias, pero no hace falta. De veras.»

Subí a casa tras terminar la copa. Ana estaba acostada, así que aproveché para llamar a Marta, aunque era un poco tarde, y me reí un rato con la historia del rejoneador. Me acosté un poco después. Ana no estaba dormida del todo. La intenté acariciar, pero se apartó bruscamente, dándome la espalda. Chasqueé la lengua y apagué la luz.

VII

El jueves, Marian no fue a clase. Esto me extrañó. Por la tarde busqué su ficha y la llamé por teléfono. Le pregunté por qué no había venido y me explicó que había pillado un catarro. Confirmé que quedábamos el lunes después de clase para charlar de la novela. Marian comentó que pensaba enviarla a un premio cuyo plazo vencía la semana siguiente. Me alarmé: «¿No la habrás enviado ya?» «No, todavía no. La semana que viene.» Respiré aliviado y colgué. Todo arreglado, me dije a mí mismo. El lunes sería el día indicado.

Durante el fin de semana llovió. Cosa rara, porque hacía dos meses que no caía una gota sobre Madrid. Personalmente, no me hubiera molestado si no fuera por las goteras. Era uno de esos inconvenientes que tenía vivir en una buhardilla. Ana y yo habíamos pensado varias veces en cambiarnos de casa, pero el tiempo, más que en tomar decisiones, lo agotábamos en nuestras continuas discusiones. Y últimamente, con la sequía, se nos había olvidado esta contrariedad. Tuvimos que poner cubos en varios lugares del piso para que paliaran los recurrentes goteos del tejado. «Podías salir y arreglar las goteras. ¿O es que les está prohibido hacer cosas prácticas a los artistas?», dejó caer Ana. Llamé al dueño de la casa, quien me aseguró, como siempre, que enviaría a alguien en seguida, aunque ya sabíamos que no aparecería nadie. De todas maneras tampoco tardaría en dejar de llover.

Con Ana las cosas iban mal otra vez. Por la mañana me encontré con que había dormido en el sofá del salón. Me dijo que roncaba como un cerdo, que apestaba a alcohol y que ocupaba siempre toda la cama. Yo le grité que había sido un error comprar una cama doble. Ella siguió corrigiendo.

—Menos mal que al menos escribes bien, porque si no valieses ni siquiera para eso...

Al mediodía comimos en silencio y aguanté su asalto psicológico: sabía que me estaba pidiendo a gritos que me preocupara por ella, que le preguntara qué pasaba, pero no le iba a dar esa satisfacción. Si quería guerra, la tendría.

Por la tarde me encerré en el despacho para seguir escribiendo y ella se puso a ver la tele. Cuando terminé, dije que me iba. Ella siguió viendo la tele.

—Intenta hacer menos ruido al acostarte.

—Esta vez dormiré yo en el salón —exclamé antes de cerrar la puerta.

En el Maragato, mientras me tomaba unas copas con Marta, pensé en el lunes. Iba a ser arriesgado, pero confiaba en mi suerte; estaba seguro de que todo iba a salir bien. A pesar de ello, de vez en cuando se me ponía carne de gallina. Me sentía como un estudiante en vísperas de un examen importante.

—J, estás como ausente hoy —comentó Marta.

Tenía razón: estaba tan abstraído en mis planes que apenas prestaba atención a lo que me decía. Ella se pasó la noche hablando del rejoneador. Hacia la una dije que me iba a casa.

—Pero si acaba de empezar la noche, J. Además, he quedado con Mozart dentró de media hora.

—¿Con Mozart?

—Sí, claro.

—¿Y con nadie más?

—No.

—¿Sabes si Mozart está liado con alguien últimamente?

Marta me miró sorprendida.

—No. Vamos, que yo sepa. ¿Por qué?

—Por curiosidad. He oído algunos rumores.

No me apetecía nada ver a Mozart, así que me despedí de Marta. Me abroché la gabardina hasta el cuello y me apresuré para no empaparme. Había bastantes jóvenes fuera, a pesar de la lluvia. Iban casi todos de uniforme, rapaditos y con la perilla de moda. Al subir por una calle, uno sentado en una moto a la entrada de un garaje hizo un comentario despectivo sobre mi gabardina, que provocó risas desenfrenadas en el grupillo de cretinos que le rodeaba.

—Eh, eh, *Jamfri*, no te vayas tan aprisa. ¡*Jamfri*, coño, ven pacá!

—¡Tócamela otra vez, Sam! ¡Tócamela otra vez!

Volví a oír a mis espaldas las risitas insustanciales de esos desagradables veinteañeros. ¡Qué existencias tan miserables debían de llevar para tener que entretenerse con tan ridículos pasatiempos! La juventud de hoy estaba degradada, carente de ideas, hechizada por la televisión, se destrozaba los oídos con ese insoportable ruido que escuchaba. ¡Qué sería del futuro cuando el gobierno cayese en sus manos!

Ana seguía viendo la tele cuando llegué a casa. Me miró con indiferencia al verme entrar y dijo:

—Podrías ponerte la cazadora que te he comprado o, por lo menos, algo más juvenil que ese ridículo abrigo.

Me despojé de mi gabardina en el despacho, le di un trago a la botella de whisky y volví al salón. Agarrando a Ana con fuerza, la levanté del sofá.

—Vamos a ver. ¿A ti qué coño te pasa?

—¡Ay! ¡Que me haces daño! ¡Suéltame, bruto! ¡Estás borracho!

Estuve tentado de darle un par de bofetadas, pero me contuve. Ana se soltó.

—¡Ni se te ocurra ponerme la mano encima o me voy, y esta vez te juro que no vuelves a verme nunca más! —Estaba histérica—. ¡Pero mírate! ¿Cómo quieres que continúe así? ¡Me podría teñir el pelo de verde y ni te enterarías! ¡Si para ti no existo! ¡Te pasas la mitad del día encerrado y la otra mitad borracho, y entremedias consigues sacar tiempo para hacerte pajas en los sex-shops y para enrollarte con mi hermana. ¿Qué queda para mí? ¡Necesito que me hagan caso, que me quieran, y tú nunca me vas a querer lo suficiente porque ni siquiera te quieres a ti mismo...!

Conque era eso: Verónica se había ido de la lengua.

—Yo no le he hecho nada a tu hermana. No sé lo que te habrá contado, pero no le he tocado un pelo.

—Eres un cerdo. No sé por qué sigo contigo.

—Ahí tienes la puerta.

—No digas tonterías, por favor. Hoy, no.

—¿Por qué?

—Porque, porque... ¡te quiero! —Ana rompió en sollozos y se abrazó a mí—. ¿No lo entiendes? Yo te quiero —murmuró.

Ya había pasado la crisis. Lo mejor de estos pequeños conflictos era que al final inevitablemente llegaba la reconciliación y era entonces cuando Ana follaba mejor. Empecé a calmarla y a besarla al mismo tiempo. «Ven, vamos a la habitación», susurré llevándola de la mano.

El domingo, Ana volvió a ser la de siempre. Estaba radiante y me besaba cada dos por tres. «Dime, J —dijo mientras corregía—, ¿me dedicarás la novela?» Lo pensé y dije que sí, aunque no demasiado convencido. «Se me olvidaba, llamó ayer el de la editorial. Me preguntó cuándo acabarías y yo le dije que dentro de un mes. Estoy tan feliz de que te la vayan a publicar. No creía que fuera tan fácil.» «Ya», murmuré con la vista fija en las ventanas. Fuera había dejado de llover hacía un rato, pero todavía teníamos cubos distribuidos estratégicamente por la casa. El cielo estaba nublado y teníamos la luz encendida. «Parece mentira que haya llovido tanto —comentó Ana—. Por cierto, mañana voy a comer en casa de mis padres, ¿por qué no te vienes? Estoy un poco harta de que siempre comamos por separado.» «No; mañana, no —me alarmé—. He quedado para comer con el decano. Pero si quieres comemos juntos pasado mañana.» «Nunca vienes a ver a mi familia, no me parece bien.»

Aquella noche apenas pude pegar ojo. «Hijo, deja de moverte», susurró Ana. Yo no podía evitarlo. Temblaba al pensar en el día siguiente. Me levanté tres veces para ir al cuarto de baño. A la tercera, Ana encendió la luz. «¿Estás descompuesto?» Dudé varias veces sobre la decisión que había tomado, pero ya no podía echarme atrás. Abandonar ahora significaba mi hundimiento personal y profesional. «A lo hecho, pecho», me dije. Lo que estaba pensado, debía ser. Demasiadas veces había dejado que ideas que tenía en la cabeza no llegaran a convertirse en textos. Esta vez mi proyecto, la realización de mi vida tal y como siempre había deseado, se llevaría a cabo. De repente salté de la cama, ignorando el lastimero gruñido de Ana: casi me olvido de cambiar la primera página con mi nombre.

VIII

Había quedado con mi sobrino a las nueve y media. A las nueve y veinte ya estaba yo delante de su portal, recién duchado y trajeado. En la mano llevaba una bolsa de deporte con los utensilios y la petaca. Mi cuñada se empeñó en prepararme el desayuno mientras Miguel se vestía. Me forcé a mí mismo a tragar unas tostadas. Cuando mi sobrino salió de la ducha, se sentó a la mesa y, mientras se untaba unas monstruosas rebanadas de pan con miel, me dijo:

—Te veo nervioso, tío.

—¿Nervioso, yo? Qué va. —Solté una risita histérica.

—Estuve el fin de semana con unos colegas. Te lo hemos dejado de puta madre.

Saqué cuatro billetes de cinco mil de mi cartera y se los di.

—Gracias, tío —farfulló con la boca llena.

—Mastica un poco, Miguel, que te vas a atragantar —terció mi cuñada.

—Sí, sí —asintió mi sobrino, sin hacer ningún caso.

—Luego de mayor vas a tener problemas de gases —insistió su madre.

Miguel terminó de engullir, se bebió un inmenso tazón de café de un trago y se levantó. «¿Vamos, tío?» Me despedí de mi cuñada y bajamos al portal.

La furgoneta estaba aparcada en la acera de enfrente. «Ésta es —señaló Miguel—. Hay algunos periódicos atrás, pero eso no te molestará, supongo.» Dije que no. «Ah, en la guantera hay una linterna, que la mitad de las bombillas de la casa no funcionan. Hala, hasta luego, tío.» Se despidió dándome una brutal palmada en la espalda, que casi me tira al suelo. Se fue andando hacia la parada de autobús, silbando.

Arranqué con cuidado. Eran las diez menos cuarto. En unas horas todo habría terminado. Miré el original, posado junto a unos apuntes para clase en el sillón de al lado, y me pasé la mano por el pelo. En unas horas estaría fuera de la ley, pero todavía sería inocente hasta que no se demostrara lo contrario, es decir, nunca. Me pregunté a mí mismo cuántos crímenes perfectos habían sido cometidos en la historia. Todos los seres humanos somos criminales potenciales, todos hemos pensado en algún momento en matar. ¿Hay realmente alguna diferencia entre pensar una cosa y hacerla? Los criminales mentales que satisfacemos nuestra morbosa curiosidad sentados delante de la televisión, ¿acaso no somos también una parte de la existencia del crimen? Parte de la excitación criminal radica en traspasar esa frontera entre lo legal y lo ilegal, pasando de ser meros observadores a actores. Esa excitación se había adueñado de mí mientras conducía por la carretera de Colmenar, deseando a la vez llegar y no llegar a la universidad.

El estacionamiento subterráneo de la facultad estaba medio vacío. Aparqué la furgoneta en un sitio libre y observé el escenario. Era perfecto, lo suficientemente escondido para que no pudiera haber observadores imprevistos, como hubiera podido ocurrir al aire libre. Le di un trago a la petaca. Antes de salir saqué la manta de la bolsa de deportes. La dejé medio abierta, con el pañuelo y la botella de éter al alcance de la mano; al fondo estaba la pistola. Temblando un poco, bajé de la furgoneta. Todo estaba preparado.

Las clases de la mañana transcurrieron lentísimas, sobre todo la de doce a una, en la que tuve a Marian en primera fila mirándome con la cabeza entre las manos. Las mías sudaban y me tenía que agarrar a la mesa para impedir que se notara el nerviosismo. Me había tomado varios tintos para desinhibirme y liberarme de aquellos prejuicios que aún me quedaban. Sé razonable, me decía a mí mismo, y no te sometas a la moralidad convencional. Eres un individuo autodeterminado. Luego dudaba, sintiéndome observado otra vez, y dejaba paso a las cavilaciones más irracionales. Tenía la impresión de que lo que vivía estaba escrito en alguna parte y que, pensara lo que pensara, lo acabaría haciendo. Mi ser se estaba deshaciendo en el esquizofrénico enfrentamiento de aquellos dos personajes tan contradictorios: el racional y crítico Yo del profesor de universidad, y el supersticioso Yo primitivo. Eran una especie de Doctor Jekyll y Míster Hyde acostumbrados a convivir normalmente, pero que esta mañana me estaban volviendo loco con los miles de argumentos que se lanzaban el uno al otro. Todavía podía evitarlo, quería creerlo: algo dentro de mí se resistía a llevar a cabo aquel acto que intuía tendría mayores repercusiones de las que podía imaginar entonces. Y sin embargo, sabía que el debate interior era inútil. Las contradicciones del pensamiento estaban condenadas a desvanecerse ante la unidad incontestable de la acción. Todas las reflexiones de tipo sentimental, nacidas de una educación ideológicamente condicionada por vagos valores éticos que me solidarizaban con la abstracción que llamamos Humanidad, se mostraban impotentes ante la insaciable «sed de ser» que dominaba mi frágil voluntad.

Hubiese querido congelar el tiempo de clase, pero éste corría a su fin. El sonido de la alarma de uno de aquellos relojes que mis mediocres alumnos hacían sonar irreverentemente al acercarse la hora de terminar, irrumpió en mi conciencia como un relámpago, deshaciendo las nimias pero recurrentes protestas de la cansada y tortuosa disputa cerebral. Ahora la fantasmagórica existencia interior debía dejar paso a los actos, únicos, irrevocables. Tuve miedo ante este imperativo que me había, valga la redundancia, impuesto. Los alumnos recogían sus cosas y comenzaban a salir. Por un momento quise gritarles que no lo hicieran, que no me dejaran allí solo con ella, pero era como querer retener el agua escurriéndose entre los dedos.

La clase fue quedándose vacía. Marian se había acercado con su chaqueta vaquera en la mano, y sonreía. Posó su mirada sobre el original, que estaba encima de la mesa, y alargó la mano para cogerlo. Mi boca se abrió queriendo emitir un violento grito de posesión: «¡NO LO TOQUES!», pero me controlé y el grito quedó mudo. Ella también contuvo su gesto y tan sólo dejó caer la mano, acariciando durante unos segundos la novela, distraída. Este gesto inconsciente me decidió: la novela era mía, mi vida se había quedado atrapada entre esas tapas. Había sido un enamoramiento pasional: yo había proyectado todas mis ilusiones vitales sobre aquel objeto, mi futuro. Había dejado de ser suyo en el momento en que me lo entregó. Yo le había dado nuevas ilusiones, mayores ambiciones, y no podía existir en tanto que escritor sin ello.

Con cierto apresuramiento, del que Marian no se dio cuenta, recogí mis apuntes y la novela.

—Ven, vamos a mi despacho.

Ella me siguió mansamente. «¡HUYE! ¡CORRE! ¡ALÉJATE DE MÍ!», gritó una voz desde el interior de mi cerebro, pero Marina siguió caminando a mi lado por el pasillo. Mientras subíamos por las escaleras, me preguntó algo sobre la clase de aquel día y contesté confusamente.

Al llegar a mi despacho la invité a que se sentara y me froté las manos con nerviosismo. Tenía ganas de un trago. Ella estaba pálida y se lo comenté. Sonrió.

—He estado en cama los últimos días, enferma.

Miré por la ventana, que estaba enrejada. Noté que los árboles habían perdido casi todas sus hojas. Pensé que era un prisionero atrapado en este cuerpo, atrapado en mí mismo, atrapado en esa novela. Y aquí estábamos los dos, encerrados cara a cara en la misma habitación.

—No está mal, no está nada mal... —comencé, y vi cómo su rostro se iluminaba. Le estaba dando el beso de la muerte. Me estaba autonegando, mortificándome a mí mismo al alabar su escritura tan joven, tan prodigiosa. Durante unos minutos interminables sentí el angustioso placer de la autodestrucción y fortalecí el vínculo entre ella y la novela que reposaba imperturbable sobre la mesa. De vez en cuando la cogía y leía algunos fragmentos, haciendo sonrojar de placer a mi interlocutora. Mi voz me parecía extraña y a intervalos desaparecía bajo la vitalidad estridente de la suya.

La entrevista tuvo su fin y llegó el momento en el que, sonriendo, dije que me tenía que ir. Me levanté y cogí el original. Por un momento todo pareció un mal sueño. Ahora volvería tranquilamente a mi rutina y ella se desvanecería como todas las pesadillas...

—Mi libro... —insinuó Marian con una tímida sonrisa, devolviéndome a la realidad.

—Ah, claro. —Forcé los músculos de la cara hasta mover las comisuras de mis labios y formar la más grotesca caricatura de una sonrisa. Con una tensión imposible, extendí la mano que sostenía la novela.

—¿Le pasa algo? —preguntó ella, alarmada.

—No, nada.

Me sorprendió lo mucho que pesaban aquellos trescientos folios de papel que se negaban a separarse de mi mano, como si fueran parte de la misma.

—Muchas gracias.

Marian cogió aquello que mi brazo extendido sujetaba más que ofrecía. La novela se escapó de entre los dedos. Fue como un desgarramiento físico. La furia coloreó mis mejillas y sentí todos mis demonios interiores en la garganta, sugiriendo salvajes gritos de posesión. Hubiera podido retorcerle el cuello en ese momento, pero un esfuerzo de voluntad sobrehumano me retuvo. Sólo es un pequeño lapso temporal, me dije.

—¿Seguro que no le pasa nada? Últimamente no tiene usted buena cara.

Dibujé una todavía más increíble sonrisa en mi rostro congestionado y abrí la puerta del despacho. Marian salió, se puso a andar por el pasillo.

De repente me di cuenta: ¡SE IBA! ¡SE ESTABA YENDO!

Y mi futuro se escapaba con ella. La angustia se apoderó de mí al cobrar conciencia de la vacuidad de mi existencia. Dejé escapar un grito desgarrador que quería significar «¡VUELVE!», pero que se quedó en un mero gruñido cuasi animal.

Marian se dio la vuelta, sorprendida. Sus grandes ojos eran como espejos en los que podía ver una sombra amenazadora que se agrandaba a medida que me iba acercando a ella. De nuevo sentí la brutal sonrisa formarse en mi rostro.

—¡¿QUIERES QUE TE ACERQUE?!

—proferí con gran esfuerzo, pronunciando cada una de las sílabas con tal énfasis que mi pregunta se pareció más a un gruñido que a una voz humana.

Ella contestó «Sí, claro. ¿Vas a Plaza Castilla?», con tanta naturalidad que me desconcertó.

Caminamos juntos hacia la salida del edificio. Las letras del título de la novela se filtraban entre sus delgados dedos queriendo comunicarme algo. Por un instante vi esos dedos convertirse en garras y su cuerpo ocultarse en un frondoso plumaje, y aquel horroroso cuervo se echó a volar emitiendo terroríficos graznidos y llevándose consigo mi obra. «¿Dónde tienes el coche?», preguntó. Cerré los ojos con fuerza y me pasé los dedos por los párpados.

—De verdad tienes mala cara.

—Tengo la vista algo cansada. El coche está en el estacionamiento subterráneo. Hoy he traído una furgoneta porque tengo que llevar unas cosas a mi casa de la sierra —expliqué innecesariamente.

Bajamos por las escaleras del aparcamiento en silencio. Yo había entrado en una especie de trance, mis piernas me llevaban, mi cerebro ya no pensaba, apenas sentía el cuerpo.

—¡Qué güai, una furgoneta! —exclamó ella infantilmente al subirse en el asiento de al lado. Yo miraba por el retrovisor. Una vez que comprobé que no había nadie, abrí la bolsa de deportes y saqué el pañuelo y el bote de éter.

—¿Qué haces?

No respondí. Mi cerebro estaba absolutamente bloqueado, mis manos ya no temblaban. Mientras la agarraba por el cuello y presionaba el pañuelo contra su cara, sentí un extraño enajenamiento. Me imaginé describiendo mis acciones, estas acciones que poco a poco iban configurando mi historia. Marian ni siquiera había gritado, no se había resistido, tan sólo me había mirado con sus grandes ojos, paralizada por la sorpresa. Pataleó algo y llegué a temer que le hubiera partido el cuello de tanto empujarle la cabeza hacia atrás. Cuando se desvaneció, volví a mirar por el retrovisor: un grupo de estudiantes se dirigía hacia un coche, riendo. Esperé a que desaparecieran y entonces empujé el cuerpo de Marian hacia la parte de atrás de la furgoneta. Producía una sensación extraña manejar algo que instantes antes había estado lleno de vida y que ahora era poco más que un saco de patatas. Le até las manos, le até los tobillos, enrollé la cuerda alrededor del cuerpo. Marian empezaba a recuperar la consciencia, pero antes de que se espabilara del todo le metí un par de valiums y varias pastillas de Diazepán en la boca, le tapé la nariz y se los hice tragar. Pensándolo ahora, esa dosis podía haberla matado, pero mi miedo a que despertara era demasiado grande. Cubrí su cuerpo con la manta y le puse un esparadrapo en la boca. Todo esto lo hice como un autómata, con un sentido de irrealidad total. Había sido demasiado fácil: tres días preparándome para ello y en unos minutos ya estaba concluido. Volví al asiento de delante y encendí la radio. Vacié la petaca de dos tragos.

IX

Conduje mecánicamente, sin percibir siquiera el desagradable ruido que salía por los altavoces. El ruido contrastaba con mi tranquilidad interior. Más que tranquilidad era vacío, una ausencia total de cualquier emoción o pensamiento. Los demonios se habían callado, satisfechos o exorcizados. Miré la novela con cariño. Ahí estaba, sobre el asiento.

—Mía —murmuré con complacencia.

Luego extendí la mano y toqué el bulto que llevaba detrás, para asegurarme de que todo había sido real.

El viaje a la sierra fue apacible. Tardé tres cuartos de hora, deleitándome en el paisaje. Por primera vez desde que sorprendí aquella conversación entre Mozart y Marian sentía una paz interior que tranquilizó mi conciencia. Había obrado bien, en legítima defensa, preservando la integridad psíquica de mi persona. La época del miedo y de la incertidumbre había pasado. Miré un momento al cielo. No llovía pero seguía nublado, amenazando con descargar nueva lluvia en cualquier momento.

No me equivocaba. Al llegar a Cercedilla comenzó a llover, pero esto no me molestó. Al contrario: haría desistir a cualquiera que hubiera podido ejercer de imprevisto mirón mientras descargaba mi mercancía.

Atravesé el pueblo, ojeando con desconfianza el cuartel de la Guardia Civil. Todo por la patria. En nada, ya estaba fuera del pueblo otra vez y subía por el monte parejo a la vía del tren, hasta llegar a Camorritos. En medio del pinar, la casa estaba lo suficientemente alejada del pueblo como para que no hubiera vecinos curiosos. Era una casona de piedra y madera, que había pertenecido desde siempre a la familia de mi padre. El jardín presentaba el más caótico desorden. Los muros que lo delimitaban estaban casi ocultos por la hiedra. Cuando yo era pequeño, solíamos venir los veranos, pero hacía bastantes años que no venía nadie, dado el mal estado de la casa. Mis padres eran ya viejos y apenas salían de Madrid. Y mi hermano prefería la playa.

Abrí la verja de la entrada y metí la furgoneta dentro del jardín. Llovía a cántaros y el agua salpicaba con fuerza mi cara.

Volver a este lugar privilegiado de mi memoria infantil me ayudaba a reencontrarme conmigo mismo. Este paisaje que llevaba grabado dentro formaba parte de mí. Ahora la novela, también. Nadie podía robármelos, pensé mientras abría las puertas de la furgoneta. Saqué el cuerpo de Marian y lo arrastré hacia la casa, agarrándolo por debajo de los brazos. Sus pies dejaron un pequeño surco en la tierra.

Cerré la puerta trás de mí. Todo estaba hecho una mierda, telarañas y polvo por doquier. Encendí la linterna que mi sobrino me había dejado y enfoqué a Marian: hecha un cristo, pálida y demacrada, su cara, inexpresiva, con esa boca cuadrada que le hacía el esparadrapo. Sentí una repentina ráfaga de pena y pensé en darle un baño, pero resultaba imposible porque allí no había agua corriente, ni caliente ni fría, desde que hacía dos inviernos reventaron las tuberías.

Vi moverse algo en una esquina.

—¡Ratas! —murmuré con desagrado.

Alumbré con la linterna la caja de automáticos que había al lado de la puerta. La abrí y, al conectar el interruptor general, se encendió la luz del salón. Proseguí mi exploración de la casa. Nada había cambiado. Los escasos muebles que quedaban seguían en su sitio cubiertos por viejas sábanas llenas de polvo. Al verlos reviví algunas imágenes del pasado y me vi a mí mismo corriendo por los pasillos. Vi los rostros desgastados por la edad de mis abuelos. Todo un universo privado que yo hubiera querido recrear en la ficción. Muchas veces había imaginado una novela en la que el protagonista, un hombre amnésico en busca de su identidad, recorría las diversas habitaciones de esta casa, en cada una de las cuales encontraba un recuerdo diferente. Al final quedaba atrapado en ella, incapaz de separarse de los objetos que le devolvían sus recuerdos y reaseguraban su existencia, aferrándose a ellos como un náufrago a una balsa.

Las escaleras que llevaban al sótano eran de madera y estaban bastante desgastadas por el centro. Otra rata me salió al paso con un chillido. La deslumbré con la linterna hasta que huyó escaleras arriba. Tosí un poco y abrí la puerta del sótano.

Al darle al interruptor, se encendió la bombilla del techo. Mi sobrino había hecho un buen trabajo. La habitación estaba vacía y limpia. Se había preocupado de barrerla y había recubierto las paredes con planchas de corcho. El techo estaba en buen estado. El sitio era perfecto.

Un trueno retumbó fuera mientras subía por las escaleras. Marian seguía tumbada en el suelo. Los sedantes habían provocado el efecto deseado. La arrastré hacia las escaleras. La desaté en el sótano para volverla atar con los nudos marineros más fuertes que conocía. Le esposé una mano al tobillo y le cubrí con la manta de la furgoneta. Me sentí satisfecho de mi labor.

Después de apagar la luz, salí al jardín a buscar un par de troncos y los coloqué contra la puerta del sótano, que abría hacia fuera. Intenté luego abrirla. Imposible.

Todavía llovía cuando volví a meterme en la furgoneta. Me quité la gabardina empapada y arranqué. El cielo estaba oscuro, lleno de nubarrones. Erguidos en lo alto de la sierra, los Siete Picos me parecieron más impresionantes que nunca.

Hora y media más tarde entré en casa, empapado pero feliz. Dejé la novela sobre la mesa del despacho y le di un beso a Ana, que estaba en el salón.

—Anda, anda, déjate de carantoñas y ponte a trabajar.

Extendí la gabardina sobre una silla, delante del radiador, y me senté en el sofá.

—Hoy es día de descanso. Ven aquí, anda.

Ana se acercó, sorprendida.

—¿Sabes lo que vamos a hacer hoy? —continué mientras le acariciaba los muslos.

—¿Qué vamos a hacer? —preguntó sonriendo y sentándose en mis rodillas.

Follamos sobre el sofá. Mientras me corría, me vi a mí mismo arrastrando el cuerpo de Marian. Esta imagen inquietante me recordó que todavía no podía relajarme. Suponía que al día siguiente, al no ir a dormir a casa, su madre llamaría a la policía. Me interrogarían en algún momento, pero yo no tendría mucho que decir. Habíamos hablado sobre una novela mediocre que ella había escrito y luego la había acercado a Plaza de Castilla. Eso era todo. ¿Quién podía sospechar de un honorable profesor de Universidad, que además escribía regularmente en los periódicos? Entretanto tenía que enterarme de cuántos ejemplares andaban sueltos por ahí. Ése era mi siguiente objetivo.

Antes de acostarme, busqué entre las fichas de cuarto hasta encontrar la de Marian. «¿Qué miras?», preguntó Ana desde la cama. «Voy en seguida.» Qué contraste tan brutal entre la jovencita sonriente de la foto y el saco de huesos que había llevado a Cercedilla. La dirección que Marian había escrito en la ficha era la siguiente: «Bravo Murillo, 320, 3.º» La repetí mentalmente varias veces.

nas de cuatro hasta encontrar la de Ma-
[illegible] Qué [illegible] pregunto. La de [illegible]
[illegible] hoy en [illegible]
[illegible] en [illegible] de la [illegible]
[illegible]
[illegible]
[illegible] la siguiente [illegible]
[illegible]
[illegible]

X

Me desperté a la misma hora que Ana. Ella se sorprendió muchísimo y le expliqué que tenía que trabajar en un artículo que me habían pedido para una revista. Algunos minutos después de que se fuera, me puse la gabardina y salí de casa. Por el camino me paré en un hipermercado, compré una estufa eléctrica, comida enlatada, muchas cajas de galletas, porque era el alimento que más duraría sin estropearse, varias botellas de agua mineral y algunos platos de plástico, de los que se ponen a los perros para comer. Sabía que no podría ir a ver a Marian muy a menudo ahora que iba a comenzar el revuelo por su desaparición, y quería que tuviera provisiones para aguantar al menos un par de semanas. De casa me llevé dos de los cubos que utilizábamos para las goteras. Evidentemente no era un plan muy ortodoxo. Los de ETA y otros profesionales del secuestro tienen mejores métodos de avituallamiento, pero yo entonces era un completo neófito. Por lo demás, estaba seguro de que ella intentaría gritar y pedir socorro, pero entre el aislamiento de la casa y la insonorización del sótano era prácticamente imposible que alguien la oyera. Con estos pensamientos en la cabeza, cogí el coche y me dirigí a Cercedilla.

Entré en casa, las bolsas de plástico y los cubos en la mano, y descendí al sótano. También llevaba conmigo una jeringuilla y algunas ampollas de Diazepán, porque cuanto más durmiera estos días, mejor. Quité los troncos que bloqueaban la puerta del sótano y entré. Al encender la luz vi que estaba inmóvil en el suelo. Seguía atada y esposada, aunque estaba claro que había intentado moverse porque ya no estaba cubierta por la manta que le había dejado al irme. Parecía despierta. Me dirigió una mirada asustada que evité.

—Te preguntarás por qué te he secuestrado —dije con cierta condescendencia—. Bien, no es difícil de explicar. En pocas palabras, tu novela es demasiado buena... Aunque quizá sería más correcto decir MI novela, porque la voy a publicar con mi nombre dentro de nada. Como comprenderás, no podía dejar que te entrometieras en el asunto, ni que la enviaras a cualquier premiucho universitario. —Pensé un momento antes de continuar—. Tengo que advertirte que tu estancia aquí será de una duración indeterminada y que, aunque todavía no he previsto qué hacer contigo, es posible que decida matarte. Pero incluso si llegamos a ese extremo, no debes echármelo en cara. Has de comprender que todo esto lo hago por la novela en particular y por el Arte en general, así que, si en algún momento tienes que renunciar a tu dependiente existencia, espero que sabrás comprenderlo y aceptarlo con dignidad, sin crear demasiados problemas. Entretanto, durante los primeros días te quitaré el esparadrapo para que puedas comer. Supongo que es inevitable que grites y pidas socorro. No te canses, nadie te oirá. Cuanto antes te des cuenta de que es inútil y aceptes tu condición de dependencia, mejor. Tendrás que adecuar comportamiento y pensamiento a tu nueva existencia, pero ya verás cómo, en cuanto lo hagas, aceptarás mejor todo y podremos tener un trato más agradable... Ah, un detalle que se me había escapado: tus necesidades físicas. Lo siento si mi falta de profesionalidad ocasiona inconvenientes adicionales, pero es que te confieso que soy un absoluto novato en la cuestión. Aunque supongo que la experiencia vendrá con la práctica.

Chasqueé la lengua al pensar en ese detalle que se me había pasado. Limpiar los excrementos y orines iba a ser francamente desagradable. En fin, qué se le iba a hacer. Mientras hablaba, fui disponiendo por el suelo los platos de plástico. Los había elegido de colores diferentes para que alegraran la habitación. En uno eché el contenido de una lata de fabada, en otro puse bonito y, en los demás, galletas. En los cubos vertí las ocho botellas de agua mineral que había comprado. Los recipientes vacíos los volví a meter en las bolsas.

—¿Te gustan los animales? No hace falta que contestes. A mí me encantan los perros. Tuve uno que se murió hace un año. Era un gran compañero. Me dio mucha pena cuando se murió: era triste verle no querer comer nada. Luego Ana se mudó al piso y no quiso tener más animales en casa. —Encogí los hombros—. Pero bueno, no quiero agobiarte con estas historias. Los perros comen sin manos y tú tendrás que hacer lo mismo. No te sientas ofendida. Te puedo asegurar que yo prefiero a muchos perros antes que a gran parte de la humanidad. Tom era seguramente más inteligente que la mayor parte de mis colegas de facultad —bromeé.

Marian me seguía con la mirada. El miedo dilató sus pupilas al verme montar la jeringuilla. Introduje la aguja en la primera ampolla de Diazepán.

—No te asustes. Es sólo para ayudarte a pasar el tiempo. Aunque quizá no sería una mala idea que comieras algo antes —pensé en voz alta. Dejé la jeringuilla llena en el suelo, cogí uno de los platos y me acerqué a ella. Marian giró bruscamente la cabeza. La agarré por el pelo y le quité el esparadrapo de un tirón. Soltó una exclamación de dolor.

—Vamos. No es más que una depilación facial gratuita.

Me miró con ojos de animal acorralado mientras le metía un poco de bonito en su boca reseca. Lo escupió, y yo chasqueé la lengua.

—Lo que acabas de hacer es una tontería. Yo sólo quiero ayudarte. Para que veas que pienso en ti, me he gastado diez mil pesetas en una estufa que tengo en el coche. Te vuelvo a repetir que seré la única persona que verás en mucho tiempo, y no olvides que tu vida a partir de ahora depende de cómo te comportes conmigo. O sea que yo, si estuviera en tu lugar, comenzaría por aceptar la nueva situación. Intenta no restringir más tu libertad con tonterías como ésta, porque será peor. —Limpié el bonito que me había caído en la chaqueta—. Esto no ha estado nada bien. Ahora tengo que ir a la universidad y debo dar cierta imagen, ¿no crees? —Me incorporé—. Como hoy no estás muy parlanchina, me voy a ir. Espero que estés más agradable la próxima vez. Ésta, al fin y al cabo, es una situación tan desagradable para ti como para mí, así que deja de pensar en tu pequeña vida egoísta.

Volví a coger la jeringuilla. Marian se arrastró por el suelo e intentó alejarse, pero con la mano esposada al tobillo le resultó difícil moverse.

—No voy a hacerte daño. Sé realista y colabora.

Me miraba con ojos desorbitados. La cogí del brazo, remangué lo más que pude la chaqueta vaquera y la pinché sin ninguna dificultad. Luego le inyecté otra ampolla. De sus ojos se escaparon lágrimas y no pude por menos de emocionarme.

—No llores, Marian. Lo superaremos los dos juntos. Tú y yo.

Me quedé mirándola. Se le caían los párpados y se le quedaban los ojos en blanco al intentar abrirlos.

—No llores, niña —murmuré, acariciando su húmeda mejilla.

—Pero... ¿por... qué? —balbuceó, luchando por mantenerse consciente.

—La novela es demasiado buena. —Saqué mi pañuelo perfumado del bolsillo de la gabardina y le sequé las lágrimas. ¡La pobre! Debía ser una experiencia terrible encontrarse de la noche a la mañana en una situación semejante.

Pero por el momento las cosas tenían que ser así. Más adelante, cuando nos lleváramos mejor, pensaríamos algo. Era inevitable que, aunque me rechazara al principio, acabara enamorándose de mí. El «síndrome de Estocolmo» es una de esas pocas cosas que nunca fallan. Si decidía matarla, en el momento en que estuviera enamorada de mí, comprendería lo necesario del sacrificio. No querría poner en peligro mi celebridad como artista, incluso me lo pediría y yo lo haría por ella. Pero eso todavía quedaba lejos. Por el momento tenía que volver a dar mis clases y llevar a cabo mi vida normal, para que nadie sospechara de nada.

Antes de irme, la desaté con la intención

de quitarle la chaqueta vaquera, que debía de resultarle bastante incómoda bajo las cuerdas. Mientras lo hacía, percibí con desagrado un olor rancio. Palpé debajo de la falda y constaté con cierta repugnancia mis temores. Le quité las bragas, porque temía que el pis ocasionara una infección, la volví a atar y a esposar y la cubrí con la chaqueta y la manta. Esta vez decidí dejar la luz encendida.

Saqué la estufa del coche y la instalé en la esquina del sótano, cerca del enchufe. Después de ponerla en marcha tuve que perder diez minutos echando a una rata de la habitación. Luego dejé caer tres pastillas de Diazepán en cada cubo. Cogí las bragas con la punta de los dedos y las dejé caer en una de las bolsas, junto con las jeringuillas y las ampollas vacías. Cerré la puerta del sótano con los troncos y me fui: deseaba llegar cuanto antes a la facultad para poder lavarme las manos y desprenderme así del olor que me acompañó todo el viaje, ocasionándome alguna que otra náusea.

Durante el camino pensé mucho en el problema de las necesidades físicas de mi huésped. La triste perspectiva de tener que limpiar orines y excrementos era francamente desagradable. ¡Cuántos sacrificios exigía ser artista! Seguro que Mozart se hubiera desmayado al coger las bragas sucias, pensé complacido al haber encontrado un motivo más para despreciarle. Yo combinaba la sensibilidad del artista con una fortaleza de espíritu y una voluntad de las que Mozart carecía. ¡Ja, menudo llorón!

Llegué a clase de doce, después de haberme deshecho de las bolsas en el primer contenedor de basura que encontré en la carretera. Por el pasillo me crucé con Mozart, que parecía preocupado y me hizo un gesto con la mano para llamar mi atención. Le dije que llegaba tarde a clase y me apresuré a entrar en el aula.

entre su artista. Sabemos que Mozart se sen-
tía desamparado y cogería la imagen sucia,
pero comprendió al fin [illegible] contado se
modificaba a cada despojo [illegible]
la sensibilidad del artista [illegible]
[illegible] que fue [illegible] de [illegible] que
Mozart [illegible] le ayudó [illegible]

Llegó a [illegible] de la
[illegible] de los [illegible] en el [illegible]
[illegible] que [illegible] en la
[illegible] Por el [illegible] con Me
[illegible] y me [illegible]
[illegible] para llamar la atención
[illegible] bajo a [illegible] me apre-
suró a entrar en el aula.

[illegible]

XI

Las semanas siguientes pasaron como un torbellino. Me volví abstemio. Me encerraba en mi despacho cinco horas por día y complementaba mi frenética actividad creativa con un mínimo de dedicación a la preparación de mis clases.

La desaparición de Marian suscitó tanto revuelo que llegué a asustarme. Salió en los periódicos y comenzaron a aparecer carteles por doquier. La policía me interrogó varias veces, dándome una especial significación dado que era la última persona que la había visto con vida. Se especuló sobre una posible huida de casa, pero la personalidad de la chica era poco proclive a este tipo de comportamiento. Ello dejaba lugar a la suposición más natural: un crimen con motivo sexual. La policía esperaba que en cualquier momento apareciera un cuerpo mutilado que mostrara evidentes señas de agresión sexual y que pudiera ser identificado como el de Marian González Garaicoetxea. En ningún momento se llegó a sospechar de un móvil distinto. La gente deseaba que apareciera el cadáver para satisfacer su morbo, y esa proyección afectaba a la propia policía. Las aficiones literarias de la chica aparecían mencionadas sólo periféricamente. Cada vez que leía el periódico esperaba aterrorizado que en algún momento se citara la novela. Sabía que todavía estaba en la cuerda floja. Y lo que era peor, no podía hacer nada más que esperar.

En la universidad hubo una organización feminista que se movilizó para vigilar y proteger el campus, inspeccionando los alrededores con la esperanza de encontrar el cadáver y, a lo mejor, al «pervertido». Pero nada, ninguno de los dos aparecía. Los carteles de la facultad se multiplicaban amenazadoramente anunciando un teléfono de veinticuatro horas al que podía llamar todo el que supiera algo sobre el paradero de la estudiante desaparecida. Hubo gente que dijo haberla visto en los sitios más inverosímiles. Alguien llamó desde el Puerto de Santa María diciendo que la habían visto con un marinero. En Granada, una mujer la vio con unos gitanos. Un hombre llegó a afirmar que había tenido una relación de una noche con ella en Torrelavega. Otro dijo que la conocía como activista de ETA y que había desaparecido justo después de que la explosión de un coche-bomba en Madrid hubiera matado a varios militares. «Está viva —añadió con voz misteriosa—, y está camino de Francia. ¡Gora Euskadi y abajo los opresores del pueblo vasco!»

Hubo incluso un individuo con ansia de protagonismo que se presentó en una comisaría con el hígado de su víctima en la mano, explicando que la había matado porque no podía soportar verla con otro hombre. Además del hígado, aportaba todo tipo de detalles sobre las felaciones que se había hecho con la cabeza sin dientes de la víctima. Ante la mirada escéptica de los policías, la madre aseguró, al llegar, no conocerle de nada. «Era un amor clandestino, imposible... ¡Porque tú te interpusiste entre nosotros, vieja harpía!», gritó el autoinculpado, acusando con el índice. Luego, antes de que los policías pudieran impedirlo, se abrió la bragueta y, sacando su miembro a relucir, añadió: «¡Con esto! ¡Con esto me he follado la cabeza de tu hija!» Los periódicos contaban que la pobre madre había salido trastornadísima de la comisaría. Luego se comprobó que el hígado era de vaca.

Por aparecer, apareció hasta una suplantadora. En un programa de la tele sobre gente desaparecida, la madre de Marian pidió por favor que alguien aportara alguna prueba de que su hija estaba viva. En ese momento llamó al programa una chica que se identificó como Marian González. A la madre casi le dio un infarto y el presentador aprovechó para hacer publicidad sobre lo útil que estaba siendo el programa a la sociedad. Durante unos minutos la voz de la falsa Marian mantuvo en vilo a los espectadores. Dijo que estaba bien, pero que no la buscasen, que se había ido porque se había enamorado de un malabarista y que ahora los dos eran felices recorriendo los pueblos de España.

—Mamá —añadió orgullosa—, ¡he aprendido a echar fuego por la boca!

En ese momento, el presentador preguntó a la madre si reconocía la voz de su hija.

—No. Ésa no es su voz —contestó con serenidad la señora Garaicoetxea.

La comunicación se cortó inmediatamente.

La noche del programa sentí un poco de

pena por la pobre mujer y decidí llamarla diciendo que era parte de la red de extorsión de ETA, que teníamos secuestrada a su hija con fines políticos y que me pondría en contacto con ella más adelante para fijar el precio del rescate, asegurándole al mismo tiempo que su hija estaba viva.

—¡Pero si no tengo ningún dinero! —exclamó la señora Garaicoetxea—. ¡Si soy una pobre viuda!

—¡Gora ETA! —concluí, y colgué sintiéndome satisfecho de haber aportado mi granito de arena a la confusión general en la cual se movía la policía. La publicidad que había adquirido el caso jugaba a mi favor, pues con tanta información y tantas hipótesis desbaratadas era imposible que la policía pudiera sacar nada en claro.

Al cabo de unas semanas de inusitada actividad, el interés decayó, fueron disminuyendo el número de carteles y de noticias en los periódicos, y me sentí con la suficiente confianza como para volver a Cercedilla.

XII

Aproveché un sábado por la mañana que Ana estaba en casa de sus padres. Preparé un sedante, cogí una bayeta, desinfectante, recogedor, sacos de basura y un rollo de papel de cocina. Le quité a Ana unas bragas, cogí una camisa y unos pantalones viejos. Había comprado más agua mineral y más comida, galletas sobre todo. Pensé en llevar unos restos de chuleta del día anterior, pero hubiera sido demasiado problemático. Además, Ana volvería pronto y no tenía mucho tiempo. Me puse la gabardina, cargué con mis bolsas y salí a la calle. Por suerte, el sábado no estaba el portero.

Una vez en Cercedilla, bajé con las bolsas por las escaleras, aparté los troncos y abrí la puerta del sótano. Un hedor insoportable me golpeó los sentidos. Me tapé la nariz para evitar las arcadas. La bombilla se había fundido, pero en el coche tenía la linterna de Miguel. Tuve que subir a por ella, y a la vuelta alumbré la habitación. Los platos de comida estaban a medio comer, los cubos vacíos, había migas de galleta por todos lados y el olor del bonito se juntaba con el de la inmundicia humana.

Una figura oscura en una esquina, al lado de la estufa, exclamó con voz estridente:

—Asqueroso, ¿eh?

No contesté. Me limité a sacar los sacos de basura y el recogedor. Me puse los guantes de cocina que había traído y, conteniendo la respiración, me dispuse a recoger los excrementos.

—Dime por qué. Dime por qué me haces esto.

—No es el mejor momento para hablar, Marian.

—¿Y cuándo va a ser el momento? Me has dejado aquí encerrada no sé cuántos días. No hay luz, no me puedo mover más que arrastrándome como un gusano. Esto es inhumano. No es real, tiene que ser una pesadilla. No puedes ser tan malo. ¿Todo esto por un libro? Te lo regalo, si quieres. Pero déjame salir de aquí. Te juro que... —Marian estalló en sollozos—. ¡Me estoy volviendo loca! No se oye aquí nada. Estoy harta de mi propia voz. Me tengo que cagar encima, me hago pis y no puedo escapar de mi propio hedor. Me estás matando. Háblame, por favor. Tú eras mi profesor. Yo creía que... ¿Qué te he hecho yo, por favor? Dímelo. Habla. Di algo. ¡Di algo! ¡Cabrón! ¡Hijo de puta! ¡Háblame, hijo de puta!

Parecía mentira que esta chica que en la facultad me había parecido tan tímida y encantadora pudiera tener un vocabulario tan soez. Harto ya de los histerismos, que me estaban distrayendo mientras trabajaba, salí de la habitación y volví a entrar algo después con un pedazo de esparadrapo con el que le tapé la boca.

—No tengo tiempo para discutir hoy, Marian. Otro día charlaremos más tranquilamente. Te voy a cambiar la bombilla y te traeré algo más de agua para que te laves —dije, continuando con mi desagradable tarea.

Media hora más tarde la habitación estaba limpia y desinfectada. Había galletas en los platos y agua en el cubo.

—Esto ya está mejor —comenté.

Marian lloraba, pataleaba y daba golpes en el suelo. Me acerqué a ella y la cogí por el pelo.

—¡Basta ya! —La abofeteé hasta que se

calmó. Luego le quité el esparadrapo y se puso a llorar.

—¡Por favor, sácame de aquí!

—Marian, tienes que decirme una cosa.

—¡Por favor, por favor! —suplicó ella.

—Esto es fundamental para que nuestra relación funcione. Deja de llorar y dime: ¿cuántos ejemplares hay de la novela?

No contestó en un principio. Era como si no me oyera. Con un par de bofetadas más, volvió a la realidad y me contó con ojos aterrorizados que había otros tres ejemplares en casa de su madre. Era una suerte que fuera chica de pocos amigos y que no tuviera novio.

—¿Ninguno más?

—No.

—No me estarás mintiendo, ¿verdad, Marian?

—¡Por favor, sácame de aquí! ¡No puedo más! ¡Quiero ver a mi madre! ¡Mamá, ¿dónde estás?!

Le puse el esparadrapo. Luego le inyecté el sedante. Cuando dejó de moverse y se durmió, cambié la bombilla del sótano por la del salón, desaté a Marian y la desnudé. Estaba blanquísima, el vello de las piernas había crecido y tenía oscuras costras de sangre seca: había tenido la menstruación.

En aquellas circunstancias, ver eso era cualquier cosa menos excitante. El sudor se mezclaba con el olor a orín y a sexo de manera más que desagradable. Pobrecita, pensé. El papel de cocina me sirvió de esponja y la lavé con agua. Le puse las bragas limpias, los pantalones viejos, la camisa, la tapé de nuevo con la manta y me fui con la ropa sucia, tirándola en el primer cubo de basura que encontré.

A la vuelta tomé una buena ducha antes de que llegara Ana y pensé en aquellos tres ejemplares de los que tenía que apoderarme como fuera. No era fácil, porque el hecho podía levantar sospechas que ayudaran a encarrilar la investigación en la dirección adecuada y tenía que camuflarlo de alguna manera. Estuve dándole vueltas al asunto durante toda la tarde y al final, viendo un documental sobre incendios de bosques, se me ocurrió la idea perfecta.

—¡Eureka!

—¿Qué pasa? —se sobresaltó Ana.

—Nada. Vamos a tomar una copa, anda.

Marta había llamado y habíamos quedado con ella y con Mozart para tomar algo. Últimamente Mozart pasaba mucho tiempo con Marta. Yo estaba muy metido en mi trabajo y les había dejado un poco de lado.

Había estado tan sumido en mis preocupaciones que casi me había olvidado de ellos y de las tonterías de Carmen. Hasta que ocurrió algo en el momento más inesperado, que hizo que toda mi atención basculara hacia mi pintoresca pareja de amigos.

XIII

Un día de entresemana volví a Madrid después de una deprimente clase con los del turno de noche. Era ya bastante tarde cuando aparqué el coche cerca de los juzgados de Plaza de Castilla. Dejé mi gabardina en el asiento de atrás y me puse un viejo anorak azul marino y un gorro de esquí bien calado por encima de las orejas. Luego me encaminé hacia la calle de Bravo Murillo, llevando un bidón de gasolina en mi bolsa de deportes y la vieja pistola de mi abuelo en uno de los bolsillos del anorak. En el portal número 320 llamé al telefonillo del tercer piso. Como no contestaba nadie, llamé desordenadamente a los demás pisos.

—¡Cartero comercial! ¡Abra, por favor! —repetí varias veces.

Cuando por fin alguien me abrió, subí por las escaleras hasta el tercero y me senté en el descansillo a esperar. Esta vez no me sentía nada nervioso. La ineficacia de las pesquisas policiales y el éxito de mi anterior acción criminal me habían envalentonado bastante. Antes del secuestro todavía creía en el mito de la omnipotencia del Estado y del imperio de la Ley. Ahora que comprobaba los límites del poder policial, esta ley no me parecía un valor superior sino mera normativa administrativa que unos cuantos hombres, esclavos de la idea abstracta del Estado, se esforzaban por hacer cumplir.

De repente, todo un mundo hasta entonces velado para mí había emergido con fuerza, iluminando de manera poco tranquilizadora mi entorno. ¿Cuántos de aquellos individuos que me cruzaba por la calle ocultaban el crimen tras sus impávidos rostros? En cada uno de ellos intentaba descubrir el estigma de Caín, y casi esperaba que me sonrieran en reconocimiento de la complicidad que nos unía. Comprobar la impotencia del poder estatal había sido una experiencia reveladora que me había impregnado de una inseguridad que lindaba con el pánico vital. ¿Qué era lo que impedía que cualquiera de esos vagabundos que andaban sueltos por la calle me agrediera para robarme? Sólo el miedo al castigo retiene al criminal que habita en cada uno de nosotros. Yo había vencido ese miedo pero, al hacerlo, descubría uno nuevo: el miedo al Hombre. Destruido mi vínculo moral con la legalidad, me encontraba ahora inmerso en un mundo de violencia hobbesiana. Veía la potencialidad del peligro personal en toda situación. Cuando alguien me pedía dinero por la calle me ponía tenso al negarme y esperaba a cada paso la agresión. Un día en el metro vi un grupo de carteristas sudamericanos *trabajando* a una señora. Un señor mayor advirtió a la víctima que le estaban robando, algo de lo que todos nos habíamos dado perfecta cuenta, ignorándolo por miedo a nuestra propia seguridad. Los carteristas rodearon al viejo, le insultaron, le abofetearon y le escupieron, mientras éste pedía ayuda a los demás viajeros. Nadie movió un dedo. Los criminales salieron impunes en la siguiente estación y se metieron en otro vagón. El viejo empezó a sollozar. ¿Dónde había estado el Estado entonces? Las posibilidades de la vigilancia frente al crimen eran tan limitadas que la inseguridad era la realidad en la que yo vivía ahora. Esta nueva visión del mundo me había llevado a adquirir el hábito de salir armado de casa. Aunque no sabía si mi vieja pistola funcionaría, era siempre un elemento intimidador. Cuando salía desarmado me sentía desnudo. No podía comprender cómo había vivido tan ingenuamente hasta entonces. Al pensar todo esto me daba cuenta de la brutal inversión de realidades que se había producido en mí, hasta tal punto que ahora, esperando en la sombra a que llegara mi víctima, me sentía más seguro que como ciudadano durante el día.

Alguien subía en el ascensor. Me puse en tensión y contuve la respiración. Se abrió la puerta.

La reconocí perfectamente por haberla visto en los periódicos y en algún que otro programa de televisión. Una mujer pálida y demacrada, envejecida por la angustia de las últimas semanas. Había encendido la luz del rellano, pero no se había fijado en mí, que no era más que una sombra a sus espaldas.

En cuanto abrió la puerta me abalancé sobre ella. La empujé dentro del piso y cerré trás de mí. Ella quiso gritar, pero le puse una mano en la boca y golpeé su cabeza contra la pared. Pensaba que acabar con esta vieja sería cosa fácil, pero me había equivocado. La mujer, después de lo que había sufrido y de lo que estaba luchando por recuperar a su hija, no iba a entregarme tan fácilmente su vida. Me mordió la mano con una feroz determinación y no pude evitar soltar una exclamación de dolor. Aprovechando que había retirado mi mano, intentó huir, se metió en una habitación y hubiera conseguido cerrar la puerta si yo no hubiese interpuesto el pie. En ese instante nuestras miradas se cruzaron en la oscuridad. La vieja intentó gritar, pero no llegó a hacerlo, puesto que, dada mi mayor fuerza, empujé la puerta, le tapé de nuevo la boca y la derribé sobre la cama. Adiviné una almohada en la oscuridad y la presioné sobre su cara con las dos manos. La vieja pataleó un poco mientras se asfixiaba. Yo saqué la pistola y estuve a punto de disparar a través de la almohada, pero no lo hice al pensar en la inconveniencia del ruido. Cuando dejó de moverse, aligeré la presión de mis manos, busqué la bolsa de deportes, que se había caído en el hall de entrada durante la escaramuza, y rocié el cuerpo de la vieja con la gasolina. Luego encendí la luz y registré rápidamente la casa. Encontré los tres ejemplares de la novela en un cajón de la habitación de Marian, justo debajo del ordenador, y los rocié bien con gasolina. No me preocupé en mirar nada más porque quería saber lo menos posible de mi alumna. Dejé el bidón vacío en el suelo.

—Lo siento, Marian —murmuré al encender una cerilla.

Salí y bajé las escaleras de cuatro en cuatro. En el segundo piso me encontré con un vecino que al verme gritó: «¿Quién baja así, armando ese escándalo? ¡Oye tú! ¿Quién eres?» Fuera del portal ya había alguna gente apuntando con el dedo al fuego que se extendía por el tercer piso. Corrí en dirección a Plaza de Castilla seguido de lejos por el vecino, quien gritaba:

—¡Ha sido ése, el del gorro! ¡Que alguien le detenga!

Me perdí entre la muchedumbre y corrí, empujando a todo el que se interpuso en mi camino. Conseguí despistar a mi perseguidor al girar por una callejuela a la derecha. Me quité el gorro y tomé el primer taxi que encontré. El conductor me miraba por el retrovisor y le indiqué que saliera a la Castellana, dirección Cibeles. No había querido coger el coche por temor a que alguien anotara la matrícula.

El problema era que me había dejado las llaves de casa en el coche y Ana se había ido al cine con Vero. Ante la triste perspectiva de verme sentado a la puerta de casa esperando, decidí ir a ver a Marta. Así tendría una coartada en el caso de que surgieran complicaciones.

Marta vivía en Lavapiés, cerca de Atocha, y llegamos en veinte minutos.

Tardó bastante en abrir. Cuando por fin lo hizo salió en bata, descalza, dejando ver unas piernas recién depiladas.

—¿Qué haces tú aquí? —preguntó extrañada.

—¿Puedo pasar?

—No es el mejor momento. —Marta miró, inquieta, hacia el interior del apartamento.

Mozart apareció detrás suyo.

—¿Quién es, cariño? —preguntó descuidadamente mientras se metía la camisa en los pantalones. Al verme, se puso serio—: Ah, eres tú.

¡Cariño! No podía dar crédito a mis ojos. Pero si eran la bella y la bestia sin príncipe por medio. Mozart el sibarita, ¿cómo había podido...?

—Anda, pasa —me invitó Marta—. No te quedes ahí. Sentaos en el salón y poneos una copa mientras me ducho.

Me quité el anorak y me quedé a solas

con Mozart, regocijándome por dentro. No podía esperar a ver la cara de Carmen cuando se lo contara. «Estás acabado —me dije para mí—, estás acabado.»

—¿Decías algo? —me preguntó Mozart, sonriendo. Tenía un Passport con hielo en la mano y me había ofrecido otro. Pensé que me lo merecía.

Se empeñó en pelotearme y me preguntó por mi novela. Yo contesté evasivamente y le miré con desprecio. Su existencia había perdido prestigio ante mis ojos.

—¿Decías algo? —repitió Mozart.

—Nada, nada.

—Te cuesta aceptar lo de Marta y yo, ¿verdad? —se adelantó.

—Qué va, qué va. Yo no soy quién para juzgaros.

—El corazón tiene sus propias razones, J. Ya ves, me harté de las niñas bonitas y perfectas. Buscaba algo más.

—¿Como en tu *novella?*

—Sí, de alguna manera. Pero no sé si la escribiré ya. Vivirlo es más intenso.

—Y ahora, ¿qué? ¿Te vas a desfigurar?

—No. —Mozart soltó una risita ridícula—. Eso era pura literatura. Esto es real. Las mujeres bellas son fantasmas, ficciones que se aproximan imperfectamente a una idea. Marta es lo contrario. Cada defecto suyo, para mí es una virtud. ¿Entiendes lo que quiero decir? Me he pasado la puta vida escribiendo mentiras, huyendo. Ahora quiero vivir.

—Vivir tu propia ficción.

—Si lo pones así...

—¿Y eso te ayudará a sentirte más real?

—A ser más coherente conmigo mismo. He asimilado la ficción de mi existencia. Esto la ha hecho paradójicamente más real.

—No te entiendo —dije mientras en mi interior repetía para mí «estás acabado, estás acabado, estás acabado».

En ese momento entró Marta, interrumpiendo la conversación.

Me quedé algo más de una hora. A las once me propusieron acompañarles a un restaurante, pero yo ya estaba deseando marchar. Me puse el anorak y me despedí.

Entré en la primera cabina que encontré y llamé a Carmen. Contestó ella, nada más sonar el teléfono

—Carmen, escucha, tengo algo importante que decirte. ¿Puedo pasar por tu casa?

—Vente. —Su voz sonó inquieta.

Carmen me sirvió un café en el salón de su piso de la Castellana, y yo, en tono de amigo que ha decidido que es necesario decir las verdades aunque duelan, le conté lo que acababa de descubrir.

—¡Con ese monstruo deforme! —exclamó llena de ira—. ¡Y todo por aquella novela! Si no se le hubiera ocurrido seguro que nunca se habría fijado en ella, mejor dicho, en ESO.

Mozart era víctima de su propia imaginación. Pero ¿por qué le había hecho eso a ella después de tanto tiempo? Yo la miraba y podía adivinar el transparente proceso interno de sus sentimientos. Mozart le había roto el corazón, ahora tenía la certeza; pero la verdad, por dolorosa que fuera, le había liberado del mundo de la incertidumbre. A fuerza de registrar pantalones, chaquetas, abrir cartas y leer agendas, había estado a punto de volverse loca.

Ahora sabía.

Tras el doloroso impacto inicial se fue recuperando. Su orgullo estaba resentido. Qué pensaría todo el mundo cuando supiera que Mozart la había dejado... para irse con ESO. ¡Qué humillación! El que Mozart hubiera sido un poco donjuan era inherente al amor que Carmen sentía por él. Le gustaba sentir la envidia de las demás mujeres y tener la vanidosa satisfacción de haber triunfado donde las otras habían fracasado. Le perdonaba sus pasajeras infidelidades porque sabía que no eran más que objetos sobre los que se cebaba su ego. Y ella, más que engañada, era la mujer que dominaba al hombre que dominaba a las mujeres. Pero ahora... ¿Qué pensarían sus amigas? ¿No podía Mozart haber escogido una mujer normal, al menos *físicamente* normal, en vez de... ESO? Yo asentía a todo, claro está. A intervalos, el orgullo daba paso a una rabia desenfrenada. Luego un sentimiento de desesperación y vacío la inundó al pensar en el futuro sin sentido que le esperaba. Ella había vivido para él, para que triunfara. Le había dedicado su vida y ahora... ¿Ahora qué? Todavía quedaba la esperanza de que Mozart dejara a esa... COSA, como había dejado a las otras. Esto iluminaba su mirada unos instantes. Pero en seguida pensaba que no, que aquello había sido una humillación demasiado grande, que no podría nunca más hacer el amor con él sabiendo que se había metido en... Sólo pensarlo, una cólera irracional sacudía todo su cuerpo. Pero todo esto no es más que el resumen de todos aquellos estados de ánimo por los que, a fuerza de imaginarse cosas, había pasado durante las últimas semanas. Me dijo que hacía un mes que Mozart no la había tocado y ella había esperado pacientemente, no queriendo forzar la confrontación. Pero ahora todo estaba claro. La turbulenta tormenta emocional iba a dejar lugar a una calma amenazadora. Mozart no sabía lo que era una mujer humillada. La venganza, al menos, le daba un sentido al futuro. Me explicó, gesticulando con rabia, que ella no les iba a dar su beneplácito, no le dejaría vivir tranquilamente con su monstruo.

—¡No le perdonaré nunca!

En medio de aquella borrasca emocional, allí estaba yo, escuchando, asintiendo..., hasta que ella se echó a llorar en mis brazos. Ese contacto físico le hizo darse cuenta, por fin, de mi presencia. Debió de pensar que allí estaba el instrumento perfecto para su venganza. Comenzaría a hacerle daño por donde más cerca le tocaba. Por sus amigos. Casi por azar, sus labios se encontraron con los míos, y yo sentí la erección más brutal que había tenido nunca. ¡Me estaba besando la mujer que siempre había deseado, la mujer que Mozart me había robado!

«Mozart, estás acabado —murmuré mientras me tumbaba sobre el lujoso sofá de cuero blanco y empezaba a levantar la falda de Carmen—. ¡Estás acabado!» La emoción desbordante de sus lágrimas había desatado una excitación feroz. Ella me quitó la ropa y me arañó como un animal salvaje. Nuestras lenguas se juntaron y pude saborear el momento de mi triunfo personal más completo. En el mismo día había solucionado el problema de los demás ejemplares de la novela y me estaba follando a la mujer de mi enemigo. ¡Y con qué pasión! Los dos teníamos en común aquel odioso ser del que nos queríamos vengar, aquel que había hecho un infierno de nuestras vidas.

Cuando la penetré y me sentí dentro de ella, no lo pude evitar. Mi excitación fue tal, que me corrí instantáneamente al tiempo que una voz exultante en mi interior gritaba: «¡MOZART, ESTÁS ACABADO!»

Le pedí perdón y le hice un dedo, recreándome en aquella visión con la que había soñado durante tantos años: deleitándome en cada detalle, sus ojos semicerrados, su boca entreabierta, los cálidos gemidos. Lo quería dejar todo bien grabado en la memoria para no olvidar jamás ese momento. ¡Ella era mía! Aquel descontrolado orgasmo dentro del vientre de la mujer de mi peor enemigo señalaba el momento cumbre de mi existencia. «¡ESTÁS ACABADO!», grité interiormente una vez más.

Sin embargo, tras aquellos ojos cerrados se ocultaba una imborrable presencia. Aunque yo la poseyera físicamente, sabía que en su cabeza sólo había lugar para él. Él estaba presente, como siempre, atormentándome hasta en la cúspide de mi existencia. Pero yo sabría cómo hacerla olvidar. Borraría todas las huellas de Mozart hasta hundirle en la insignificancia. Esto no era más que el principio de su fin.

XIV

En marzo salió la primera edición de mi novela. Fue un éxito con pocos precedentes en la narrativa española reciente. Las críticas, a cual más favorable, llovieron por todos lados. Se dijo que había surgido un nuevo prodigio literario, que tenía unas dotes narrativas extraordinarias, una sensibilidad casi femenina. Aparecí en todos los periódicos, en numerosos programas de televisión y concedí entrevistas a diestro y siniestro. Las ventas se dispararon y en pocas semanas tuvieron que prepararse la segunda y tercera ediciones, cada una con tirada sensiblemente superior a la anterior. Pero el fenómeno no quedó circunscrito al ámbito nacional. Las editoriales extranjeras se pusieron en seguida en contacto con la mía para traducirme cuanto antes y distribuir la novela en Alemania, Inglaterra, Francia, Italia, Estados Unidos, incluso Japón. La campaña de promoción fue infernal. Tuve que viajar a todas las ciudades de España, acudir a todas las ferias, firmar cientos de ejemplares, asistir a incontables actos. Me llamaron hasta cuatro agentes literarios para ofrecerme sus servicios.

En la facultad, mis relaciones con el departamento dieron un viraje total. Todos mis colegas me felicitaron y la organización estudiantil Pablo Neruda celebró varios actos en torno a mi obra en un ciclo de conferencias en las que yo leía y explicaba fragmentos de la novela. En cada sesión, el salón de actos se llenó por completo, hubo más gente incluso que en el ciclo de conferencias sobre la Transición. Entre los incontables admiradores que se dieron cita allí, un no despreciable porcentaje se componía de miembros del sexo femenino, mujeres que me miraban extasiadas, con su ejemplar de la novela debajo del brazo, esperando a que el acto terminara para pedirme el deseado autógrafo. La desbordante atención que provocaba mi presencia en todos los lugares a los que me desplazaba me habituó a sonreír con una exagerada e hinchada confianza, amansando a la fiera que había dentro de mí, suavizando mis gestos y permitiéndome exhibir aquella seductora sonrisa que había aprendido de mi rival.

Mozart, entretanto, se hundía por su propio peso en el fango. Carmen se fue de casa, y pidió el divorcio. Marta se había negado a que se mudase a su casa y se volvió a liar con el rejoneador. Mozart se convirtió en poco menos que una sombra de lo que había sido. Perdió toda seguridad en sí mismo, dejó de escribir, de sonreír, adelgazó alarmantemente e incluso encaneció. Su fantasmagórica existencia contrastaba con la exuberancia vital de la mía. Me evitaba al cruzarnos en los pasillos. Se volvió huraño, introvertido, y perdió sus hábitos de aseo: ahora llevaba una barba descuidada que escondía el demacrado rostro que las arrugas surcaban prematuramente. Se había dado a la bebida con desenfreno. Llegaba tarde y borracho a clase, y sus frecuentes depresiones alcohólicas le acarrearon tales problemas en la facultad que el decano se vio forzado a reunir un consejo extraordinario cuando Mozart, en mitad de una de sus clases y ante el susto y la incredulidad de los alumnos, intentó agredir sexualmente a una chica de primera fila. Posteriormente se había intentado suicidar en su despacho, pero el cinturón que había atado a la lámpara había cedido ante su peso. La junta extraordinaria de profesores discutió estos sucesos y decidió suspenderle de la docencia, una medida sin precedentes en los veinte años de vida que tenía la Universidad Autónoma. Aprovechando la influencia que me otorgaba mi recién adquirido prestigio, presioné bastante para que se tomara la decisión. A raíz de esta desgracia añadida, Mozart se pasó una noche entera ante la puerta de la casa de los padres de Carmen, suplicando a gritos que volviera con él. Unos días después armó un nuevo escándalo, esta vez en el piso de Marta, borracho y desaliñado, gritando que la iba a matar. Marta estaba asustadísima cuando me lo contó. Me dijo que el portero, tomándole por un vagabundo, le había sacado del edificio a patadas.

Por mi parte, rompí con Ana. Ella montó una escena imposible de llantos, amenazas y chantajes. Hasta se encerró en el cuarto de baño e intentó cortarse las venas. Pero fue inútil. La llevé al hospital a que le curaran los cortes de las muñecas, que no habían sido muy profundos, y luego a casa de sus padres. Les expliqué que por la mañana volvería con las cosas de su hija, incluidos el sofá y la lámpara; les recomendé que la cuidaran y que, por favor, no la dejaran hacer más tonterías. Al día siguiente, acompañado de Miguel y de su furgoneta, llevé las cosas y tuve que soportar una nueva sesión de lloriqueos. Sentí bastante vergüenza cuando Ana se lanzó a mis pies y abrazó mis rodillas, rogándome que la dejara volver. Dijo que no me molestaría en absoluto, que sería como si no estuviera. Esta vez no cedí ante el chantaje. La miré con pena y dije que no podía ser. Sus padres la sujetaron, y allí se quedó, gritando como una loca.

Compré un sofá nuevo, y Carmen, pasada una fase de transición en casa de sus padres, decidió venirse a vivir conmigo, con la condición de mudarnos en cuanto yo estuviera menos liado y mi editorial me liquidase los primeros derechos. Las escenas de Mozart la habían avergonzado y fortalecido su ego. No podía volver con él después de todo lo que había pasado. De todas maneras, se decía a menudo, ése no era el Mozart que ella había conocido, el Mozart del que se había enamorado. Por lo demás, mi creciente celebridad debía de satisfacer su vanidad.

El incendio de la casa de Marian provocó nuevas investigaciones, pero no prosperaron, dado que el sujeto que se había visto huyendo no pudo ser identificado. Un día me hicieron alinearme con otros policías, todos nosotros con gorros de esquí, para una rueda de identificación. Más tarde me enteré por un amigo de mi madre, que trabajaba en la comisaría, de que el entusiasta testigo presencial se había exaltado, gritando: «¡Ése! ¡Ése es! ¡El de la derecha!», refiriéndose a uno de los policías. «¿Está seguro?», le habían preguntado. «Sí, sí, lo juraría por mis muertos.» Después de aquello, la policía no volvió a molestarme más.

En cuanto a Marian, una vez mitigado el revuelo inicial, los carteles con su fotografía desaparecieron gradualmente de las paredes de la facultad. La muerte de su madre reanimó el interés por el caso, pero al poco tiempo, una vez desviado el foco de la opinión pública, con toda la presión que ello implicaba, y dada la ingente cantidad de pistas falsas, nuevos sucesos fueron cobrando prioridad para los sacrificados funcionarios de policía. Lo debieron de archivar entre tantos casos de desaparición sin solucionar. Sólo el descubrimiento del cadáver hubiera podido resucitar el caso.

Marian me tenía sorprendido por la fortaleza física y mental que había exhibido. La pequeña estufa la había ayudado a pasar el invierno y, tras el shock inicial, se fue acostumbrando a la nueva situación. En cuanto pude, compré una televisión.

Al principio, temiendo ser seguido, la visitaba poco, apenas hablaba con ella y me limitaba a limpiar sus excrementos y a llevarle comida, comprobando por su lloriqueo que todavía seguía viva. La prefería así, porque todo criminal sabe lo difícil que resulta deshacerse de un cadáver sin dejar huellas. Sus primeros momentos de histeria habían dejado paso a una tranquilidad y un silencio resignados que demostraban que a fuerza de voluntad había dominado sus impulsos. Con respecto a su higiene ideé un sistema primitivo pero bastante eficaz. No me pregunten cómo, pero conseguí hacer un agujero en el suelo y, cuando la ataba, le dejaba el culo al aire para que pudiera utilizarlo. Ella en un principio se había negado a hacer uso del improvisado váter, pero pronto se dio cuenta de que aquello era mejor tanto para su propia comodidad como para la mía. Esto hizo menos penosas mis visitas y me alentó a frecuentar su compañía cada vez más regularmente. Además, ya había pasado el frío. La televisión permitía cierto contacto con el mundo exterior y una mínima satisfacción de sus necesidades auditivas y visuales que no sólo amenizaron sus horas de soledad, sino que, además, la mantuvieron informada de mi creciente celebridad. Yo la instigaba a que fuera más expansiva y a que dejara de obcecarse en mantener su terco silencio. Le exponía continuamente la necesidad de habituarse a la idea de que yo era la única persona que vería mientras estuviese viva, que fuera realista y tomase lo más que las circunstancias podían ofrecer. Pero ella no me hacía caso y nuestra comunicación se limitaba a un monólogo unilateral en el que yo le contaba todo, mientras limpiaba la pequeña fosa de los excrementos. El ser tan expansivo, aunque no fuera correspondido, lo consideraba como el pago de una deuda que había contraído con la persona que me había ayudado a alcanzar la plenitud artística.

—No te importa que diga MI obra, ¿verdad, Marian? —preguntaba, interpretando su silencio positivamente—. Ya sabía que no. Debes de alegrarte al ver lo que hemos conseguido. Has contribuido a que sea un escritor célebre. Sin tu apoyo nunca lo hubiera conseguido.

Esta relación tan equilibrada resultaba terapéutica. Yo hablaba y ella escuchaba, la compenetración era perfecta. Yo llevaba a cabo mi catarsis personal con Marian. Ella estaba allí siempre que la necesitaba, nunca protestaba y me escuchaba atentamente, no como Carmen, que prefería irse de compras o tomar el té con sus amigas.

Sin embargo, las circunstancias, como siempre, rompieron aquel frágil equilibrio alcanzado y nos impusieron la necesidad de inyectarle una nueva vitalidad a nuestra relación.

XV

Sin darme cuenta había puesto en marcha un proceso difícil de parar. Las ediciones de la novela se sucedían una tras otra. El proceso fue tan vertiginoso que se hicieron importantes estudios sociológicos sobre el fenómeno. Sin embargo, muy pronto aquella maquinaria se volvió contra mí y comenzaron las presiones para que escribiera más. Mi editor empezó a insistirme en que debía escribir una nueva novela. Yo decía que no sabría si podría, pero él era incapaz de creer que un talento como el mío pudiera agotarse en un solo libro, y se reía.

—Da igual que no sea muy buena, eso es lo de menos. Con el éxito de tu primera novela, la segunda se venderá por sí sola.

Luego empezó toda la cuestión de las editoriales. Me llamaron de Plaza & Janés, de Alfaguara y de otras tantas. Me ofrecieron varios premios. Mi editor me advirtió que no se me ocurriera comprometerme con nadie, hizo unas gestiones y unos días más tarde me llamó y dijo que ya estaba solucionado el tema. La Casa estaba tan encantada conmigo que me querían conceder el próximo premio Planeta.

—Enhorabuena, lo has conseguido —añadió—; ya estás consagrado. Ahora, hagas lo que hagas, la crítica besará tus pies y el público te comprará. Con toda esta publicidad venderás como churros. Sólo tienes que empezar a escribir.

—¡Pero cómo van a darme un premio por una novela que todavía no he escrito! —exclamé alarmado.

—Parece mentira que me lo digas tú, que has estado metido en el mundillo. En fin, se ve que eres un artista y no un hombre de negocios. A los premios lo que les importa es fichar autores conocidos, poder decir que Muñoz Molina, Gala, gente que ya tiene un nombre, han obtenido ese premio. Es política editorial. La firma vende, mientras que lo que es desconocido... Tú ya estás entre los grandes, muchacho. Ah, por cierto, me han dicho que la traducción japonesa ya está lista. Falta que le des el visto bueno.

—¿Tan pronto?

—Hay que explotar las posibilidades de la coyuntura antes de que el buen momento pase. Todas las editoriales extranjeras están como locas por sacar tu libro a la calle cuanto antes. Ahora lo que tienes que hacer es concentrarte en el siguiente. De lo demás me ocupo yo.

—Pero es que no sé si voy a...

—Tienes seis meses antes del premio. Ya está todo acordado. Tú lo único que tienes que hacer es ponerte a escribir desde hoy, y en cuanto tengas trescientas páginas me las envías...

—¡Trescientas páginas!

—... Lo más difícil ya lo has hecho. Ya tienes el premio, ahora sólo tienes que escribir la novela.

—¿Y si no puedo?

—No seas ridículo, J. Eres un novelista extraordinario. Lo tienes todo: imaginación, talento, imagen. A la crítica se le cae la baba en cuanto habla de ti.

—Ya.

—Si me puedes adelantar el título de la novela, eso me facilitaría las diligencias.

—Déjame pensarlo.

—Es una oportunidad fantástica. El premio Planeta consolidará definitivamente tu prestigio.

Estuve dándole largas a mi editor todo lo que pude mientras intentaba escribir algo sin ningún éxito. Desarrollaba en esquema argumentos buenísimos, pero en cuanto me sentaba delante del ordenador... nada. Por mucho que me empeñara, las palabras no salían o si lo hacían eran algo pastoso, farragoso, que se adhería a una acción difusa, de forma que lo único que se leía era prosa mediocre. El arte de la escritura es así. Necesita de una técnica cristalina para que el lector pierda conciencia de la forma y se concentre en el contenido.

Durante varios días me encerré de nuevo en mi despacho, y las botellas de Passport volvieron a decorar las estanterías. Al no conseguir avanzar, cogía verdaderas rabietas. Llegué incluso a destrozar la impresora en un ataque de furia. Una pena, porque era bastante cara. Carmen, durante estas encerronas, solía salir con sus amigas y, al volver, ni siquiera me preguntaba si había escrito. Había decidido que nunca más se involucrría en la vida de un escritor. Ni me leería, ni me corregiría, ni estaba dispuesta a sufrir mis neuras. Coincidiendo con la publicación de la traducción japonesa, me anunció que esperaba un bebé. Esto me hizo sentir una euforia momentánea.

Legaría a las generaciones futuras mi descendencia, aquella prolongación temporal de mis rasgos y mi carácter, mientras Mozart había quedado excluido del futuro material de la humanidad. En la lucha por la supervivencia había triunfado el espécimen más fuerte: Yo. Carmen me iba a dar el hijo que no le dio a Mozart y se casaría conmigo una vez hubiesen terminado los trámites del divorcio.

Sin embargo, nuestra vida sexual no era muy excitante. Desde su separación, Carmen había perdido todo interés en el tema. Se limitaba a ser eficaz y complaciente sin poner mucho más de su parte. Con Mozart había adquirido una serie de pautas de conducta que repetía conmigo, sometiéndome contra mi voluntad a hacer de réplica del ausente. A Mozart le gustaba que Carmen le atara y le follara, masturbándose ella al mismo tiempo hasta el orgasmo, mientras él permanecía debajo, observando. Carmen, ante mi disgusto, me forzaba a actuar de manera similar y sólo en esta recreación morbosa y fetichista alcanzaba algún placer. Intenté introducir ciertas iniciativas de cosecha propia para darles algo más de personalidad a nuestros actos sexuales, pero no hubo ninguna muestra de entusiasmo por la otra parte. Al cabo de unas semanas de cohabitación, ya estábamos bastante hartos el uno del otro. Pero sabíamos que no nos separaríamos. Los lazos que nos unían eran demasiado fuertes, éramos símbolos de algo más: de la derrota vital de Mozart.

¡Mozart! ¡Siempre Mozart!

Su presencia me seguía persiguiendo. Y ahora había surgido un nuevo y trascendental conflicto: Carmen había decidido que iba a llamarle Mozart al niño.

—¡Imposible! El niño se llamará como yo.

—¿Qué tiene de malo el nombre de Mozart? —preguntó con falsa ingenuidad.

Ni hablar. El niño era mío y tendría mi nombre y mi apellido. Carmen dijo que ya veríamos, que Mozart le parecía un nombre bastante bonito... ¿Se daba cuenta de lo que estaba proponiendo? Si el niño se llamaba como ÉL sería su victoria póstuma. Su recuerdo sobreviviría a pesar de mis esfuerzos por erradicarlo.

Pero las cosas se complicaron aún más cuando decidí rechazar el Planeta. Se lo dije a mi editor tras una acalorada disputa en la que expuse que mi deontología profesional me impedía aceptar un premio amañado. Mi editor no se dio por vencido y optó por presionarme desde otro ángulo. Carmen entró un día en casa hecha una furia.

—¡¿Cómo que has rechazado el premio Planeta?! —gritó, cerrando la puerta tras de sí.

—No me parecía ético —contesté sin alterarme.

—No te parecía ético, no te parecía ético —se burló—. ¡Pero serás egoísta! ¿Te has dado cuenta del dinero que supondría para nuestro hijo y para mí?

—La conciencia está por encima de las cuestiones materiales. Los principios no se compran.

—¡Deja de decir tonterías! Ya no es en ti en quien tienes que pensar. Ahora tienes que pensar en el pequeño Mozart. Yo me niego a tener un hijo en esta pocilga. Quiero un piso decente, un coche más grande, y que vaya a un colegio privado. Necesitamos ese dinero para poder darle a nuestro hijo una oportunidad en la vida.

—Si esperas unos meses, nos entrará el dinero del primer año de ventas.

—¡No puedo esperar! ¡Son cincuenta millones!

—Sigo manteniendo que no lo haré por

razones de conciencia, eso en primer lugar. Y además, no aceptaré que llames «Mozart» a mi hijo.

—Pues ya puedes irte poniendo a escribir, porque si no presentas una novela al premio no sólo te dejo, sino que a tu hijo además del nombre de Mozart le pondré el apellido de mi marido legal. Estará encantado. ¡O sea que empieza a escribir!

Y dio un tremendo portazo al salir de casa.

La guerra de los nombres había empezado. A partir de entonces se dedicó a aplicar una sutil táctica de desgaste psicológico. Se quedaba más a menudo en casa y hacía comentarios como los siguientes: «¿Cuándo le vamos a comprar la cuna a Mozart?», o «Tengo unas ganas de tener al pequeño Mozart entre los brazos», o «Aunque sea una niña también la llamaré Mozart». A todas sus amistades les hablaba del «pequeño Mozart», de lo guapo que iba a ser, y aprovechaba cualquier ocasión para anunciarle a cualquiera que el bebé se iba a llamar Mozart. Al final no pude más.

—Tenemos que comprar la cunita del pequeño Mozart hoy —dijo Carmen, un día que vino a la biblioteca de la facultad a buscarme.

Yo me levanté violentamente y, en medio del silencio de la sala, grité:

—¡No se va a llamar Mozart, ¿entendido?! ¡Se va a llamar como yo! ¡Se va a llamar J!

—¡Pues si quieres que se llame como tú, escribe esa novela y acepta el premio! —Carmen se levantó a su vez y dio uno de sus portazos al salir de la sala.

Después de dar clase a los del nocturno, al llegar a casa me encontré con una carta de Carmen sobre la cama. Me decía que no volvería a casa hasta que me hubiese decidido a aceptar el premio. «Todo es por el bien de nuestro hijo», concluía.

Aquella noche fui a contárselo a Marian, quien me escuchó tan atentamente como siempre, y a la vuelta decidí llamar a Carmen para rogarle que volviera. Por la mañana llamé a mi editor y le anuncié que aceptaba el premio. No sabía cómo lo iba a hacer, pero sabía una cosa: MI HIJO NO SE LLAMARÍA MOZART.

Carmen estuvo de lo más complaciente los días siguientes, extremadamente cariñosa y más activa sexualmente. Por fin dejó de llamar Mozart a mi futuro primogénito.

Me preguntaba cuándo iba a comenzar a escribir la novela. Yo contestaba que todavía quedaban muchos meses y que aún no estaba inspirado. Me hizo algunas mamadas enfrente del ordenador para ver si así me motivaba, pero se cansó al ver que al cabo de unos días la primera página seguía en blanco.

—No me estarás haciendo como Mozart, ¿verdad? —preguntó muy seria.

Yo la miré, sorprendido y molesto por tener que escuchar una vez más el maldito nombre.

—Él dejaba de escribir cuando se enamoraba.

—Pero yo no soy Mozart, ¿entiendes? ¡YO NO SOY MOZART! —grité con inusitada violencia. Levanté el brazo y estuve a punto de golpearla. Carmen se asustó mucho y murmuró: «No se te ocurra tocarme.» Más tarde, en la cama, cuando le pedí perdón, me comentó que nunca me había visto así. Le habían asustado mis ojos, que la miraban como si quisieran matarla. Yo le dije que se dejara de tonterías y le di la espalda haciendo caso omiso de sus caricias.

—Pero vas a escribir mañana, ¿verdad, J? —susurró.

Después de darle muchas vueltas al tema se me ocurrió la idea que me sacaría del apuro. Era tan simple. ¿Cómo coño no se me había ocurrido antes? Marian me ayudaría a escribir la nueva novela. Marian me iba a sacar del agujero en el que estaba metido. Marian, quien me había escuchado tan atenta últimamente, ahora que me conocía mejor y que me comprendía, lo haría por mí.

Una mañana compré una pequeña máquina de escribir, un paquete de folios y me dirigí a Cercedilla. Tras completar el ritual de su higiene, apagué la tele y le expliqué la situación. A Marian le había crecido el pelo hasta los hombros, tenía las piernas velludas (últimamente pensaba depilarla, pero no encontraba tiempo) y unas uñas larguísimas y sucias que tampoco había tenido tiempo de cuidar.

—Marian, a partir de hoy las cosas tienen que cambiar. Yo aprecio mucho tu silencio cuando vengo a hablar contigo, pero nuestra relación ha de entrar en una nueva fase porque tenemos que trabajar juntos y eso necesita comunicación. Tengo una buena noticia para ti: tú y yo vamos a ganar el premio Planeta.

Marian permaneció callada sin dar la señal del entusiasmo que yo esperaba.

—Ya sabes que mi editor me ha pedido que escriba una novela para presentarla al premio y que por las razones que te expuse el otro día, en especial debido a mis divergencias con Carmen en cuanto al tema del nombre del niño, he decidido aceptarlo. Tenemos algunos meses para trabajar. El argumento ya lo tengo bastante perfilado y ahora sólo queda comenzar el trabajo técnico, que es en lo que tú me vas a ayudar. Para eso he comprado esta máquina de escribir. Yo luego en casa iré corrigiendo cada día los borradores y pasándolos a ordenador. ¿Qué te parece?

Me senté enfrente suyo.

—¿Quieres que escriba con las manos atadas? —preguntó con cierta ironía y pronunciando con dificultad. Resultaba curioso oírla hablar después de tanto tiempo de silencio.

—No, desde luego. Te voy a soltar. Es verdad que desde que estás aquí nunca te he tenido desatada... estando tú consciente, quiero decir.

Cuando la desataba, era siempre después de haberle inyectado una buena dosis de sedante. Entonces la cambiaba de ropa y le limpiaba el cuerpo con una esponja. Era como jugar con una muñeca.

—Te desataré de la cintura para arriba si me prometes que no vas a ocasionar ningún problema. Quiero tener confianza en ti, Marian.

—Estás loco.

—No estoy loco. Soy realista, me fijo unas metas y utilizo todos los medios a mi alcance para alcanzarlas.

—Estás loco —repitió, meneando la cabeza.

—Me parece muy mal que digas eso, Marian. Te dejaré unos días para que lo pienses y si sigues sin decidirte te quitaré la tele primero, y luego la comida. Y claro está, no me tomaré la molestia de limpiar la fosa ni de limpiarte a ti. Porque no sé si te has dado cuenta, pero estas tareas tan desagradables las hago por ti. Y rebajarme a tomar contacto con tus inmundicias no es nada fácil para un espíritu refinado como el mío.

—Si lo hago, ¿me dejarás libre? —preguntó súbitamente esperanzada.

—Me temo, Marian, que eso queda más allá de mi voluntad. Por el bien de mi obra y por el bien de mi futura familia, no podría hacerlo. Lo que sí puedo es garantizarte una mejora sustancial de tu calidad de vida. En cuanto tenga suficiente dinero pienso habilitar esta casa y convertir el sótano en una celda en condiciones, con váter, tele, vídeo y todo lo que necesites. Te prometo que no volverás a pasar un invierno como éste. Y con una buena puerta blindada ya no tendría que atarte. Podrías pasearte por la celda y ser autosuficiente. Dentro de las limitaciones espaciales de este sótano, claro.

—¿Podré escribirle a mi madre?

—Eso también es difícil. Cualquier tipo de comunicación con el exterior traería complicaciones. Es conveniente que la gente piense que estás muerta.

—¡¿Pero tú quién te crees que eres?! ¡¿Quién eres tú para apropiarte de mi novela, para retenerme aquí durante meses impidiéndome hablar con mi madre, que debe de creer que estoy muerta...?!

—Es de suponer, después de tanto tiempo...

—... Me has reducido a un estado degradante, casi me he muerto de frío, me has tratado peor que a un animal. En el zoo al menos se pueden mover...

—Los zoos tienen dinero y no corren el riesgo de ir a la cárcel.

—Estás como una cabra. Y ahora, después de agobiarme con tus neuras, con tus paranoias y con el hijo ese que vas a tener con la mujer de tu amigo...

—Enemigo.

—¿Es que no tienes ningún tipo de moral? ¿Cómo puedes distorsionar la realidad tan racionalmente? Eres un loco, razonante, pero loco.

—No desvaríes, Marian. ¿Quieres que trabajemos juntos o no?

—Nunca.

—Te voy a dejar unos días para que reflexiones.

—No lo haré.

—Te quitaré la tele, piénsalo. Sin ella, te volverás loca.

—Me da igual.

—Te dejaré a oscuras. Y no te traeré comida.

—Me da igual, ¿es que no lo entiendes? Mientras he estado aquí, no hacía más que pensar en que me acabarían encontrando. Pero si no me han encontrado hasta ahora, no creo que lo hagan ya. Escapar es imposible. Y esto no es vida. Estoy harta de arrastrarme y comer como un animal. Si no me sueltas, mátame, porque así no quiero seguir viviendo.

—¡No digas tonterías, Marian! Eres una

persona joven, inteligente, bonita. Y ahora puedes dedicar tu vida a algo grande: me puedes ayudar a conseguir ese premio, ¿no te parece suficiente?

—Estás loco, verdaderamente loco.

—Estoy siendo realista y ya te lo dije el primer día: tienes que conformarte con lo que tienes y, dentro de lo poco que es, el que esté dispuesto a pasar varias horas diarias escribiendo contigo es una ganga, vamos. Estoy incluso dispuesto a darte una cierta satisfacción sexual. Al cabo del tiempo, Marian, es inevitable: te acabarás enamorando de mí. Está comprobado: una persona en tus circunstancias no puede evitarlo.

—Puedes estar seguro de que nunca me enamoraré de un monstruo como tú. Me das asco.

—¿De verdad? —Sonreí insinuantemente mientras acercaba mi lengua a su cara.

Marian me escupió y gritó: «¡Asqueroso!» Poniéndome serio, saqué mi pañuelo del bolsillo del pantalón y me limpié el ojo.

—Bien. Hasta que no cambies de opinión no habrá ni tele ni comida. Me parece muy mal lo que has hecho, pero que muy mal. Te visitaré el domingo y espero que rectifiques tu conducta y te muestres dispuesta a colaborar. La máquina de escribir la dejo aquí para que te motive. Me apena mucho tener que emplear estos términos a estas alturas de nuestra relación. Pensaba realmente que me comprendías, pero está muy claro que no, y eso me entristece, de verdad. Había puesto muchas esperanzas en ti. Espero que recapacites. Ah, y hoy, como castigo por este comportamiento tan desagradable que has exhibido, no habrá sedante. Considero que para alguien en tus circunstancias la consciencia es el peor castigo posible —dije mientras recogía la tele y las bolsas de comida que había traído—. Y recuerda lo que decía Ortega: tú eres tú y tus circunstancias, ¡no lo olvides y sé realista! —exclamé al salir, y luego, viendo algo moverse en las escaleras, añadí—: ¡Si no recapacitas dejaré entrar a las ratas!

—¡Estás loco! —gritó, pero yo ya estaba cerrando la puerta con los troncos.

XVI

Había pensado que con unos días de castigo Marian se derrumbaría y se resignaría a ayudarme, sucumbiendo al fin al infalible «Síndrome de Estocolmo»; pero me equivocaba. Durante su cautiverio, se había acostumbrado a la soledad y se había fortalecido psicológicamente hasta tal punto que su cuerpo cedería a mis presiones mucho antes de que lo hiciese su cabeza. Había decidido utilizar para otros fines esta misma voluntad que se había visto obligada a forjar para sobrevivir.

Yo, entre tanto, evitaba cada vez más a Carmen, quien se dedicaba a perseguirme incansablemente preguntando por la novela. Le decía que tenía el argumento más o menos acabado y que en cuanto terminara de corregir exámenes me pondría a ello.

—Quedan cinco meses, querido —me recordaba, frotándose la barriga que empezaba a abultar, sin que yo supiera si se refería al premio o al niño.

Un buen día me dijo que se había enterado de que Mozart, tras varios intentos de suicidio, había encontrado a alguien.

—¿A que no sabes quién es?

—No.

—Tu antigua novia. Seguro que se encontraron los dos en el puente de Segovia a punto de tirarse. Debió de ser un flechazo.

—¿Quién te lo ha dicho? —pregunté con cierto interés.

—Mi abogado, el que está tramitando el divorcio. Tuvo que encargar un detective privado para localizarle, porque nadie sabía dónde se había metido. Le encontró en la plaza de Santa Ana con tu ex novia. Los dos se han metido a hippies y viven vendiendo pulseras de cuero. Qué pintoresco, ¿verdad? Un día tendríamos que hacerles una visita. De todas maneras prefiero que esté con Ana que con... ESO.

—Marta no es mala chica.

—No, sólo un monstruo. La verdad es que nunca llegaré a comprender cómo Mozart...

Carmen se levantó. Dijo que tenía que ir a la piscina con sus amigas, que después visitaría unos chalés adosados nuevos en

Conde de Orgaz, y me recordó que era hora de que me pusiese a escribir.

Me quedé solo, saboreando la tranquilidad del momento. Desde que había aceptado el premio, la presencia de Carmen ejercía sobre mí una presión psicológica indescriptible. Aquella mujer y yo sólo teníamos en común el odio a una tercera persona. Ahora, al poseerla, finalmente me daba cuenta de que la Carmen de mis antiguas fantasías no tenía nada que ver con la Carmen real. La primera era un mito que se iba desvirtuando al atenuarse paulatinamente mi sentimiento de odio hacia Mozart, desde su caída en desgracia. En su cabeza sólo había lugar para ÉL. A menudo, mientras dormía a mi lado, la oía hablar en sueños. Me acercaba, le preguntaba si pasaba algo y ella murmuraba el nombre maldito. Una vez la desperté violentamente gritando:

—¡YO NO SOY MOZART! ¡NO SOY MOZART!

Durante nuestros actos sexuales la forzaba a repetir mi nombre, pero era inútil: en cuanto ella cerraba los ojos, ÉL ocupaba mi lugar. Por mucho que lo intentara, no podía acabar con ese fantasma. Al principio me lo tomaba muy a pecho. Pensaba que si conseguía sacarle de la cabeza de Carmen habría vencido, pero resultó tan imposible que me acabé cansando de hacerle repetir mi nombre y me resigné a ser la personificación del ausente. Con todo, compensaba algo saber que a Mozart le pasaría igual con Ana. Nuestras vidas se habían entrecruzado a uno y otro lado del éxito. Era difícil imaginar mayor contraste que aquel que había entre el sibarita escritor que yo había conocido y el desaliñado hippy en el que se suponía que se había convertido.

Marian, a pesar de mi indignación, seguía sin decidirse a colaborar. Se había encerrado en un hermético silencio y resultaba imposible sacarle una sola palabra. Ni tan siquiera dándole patadas en las costillas conseguí algo más que una ridícula exhalación. Al principio pensé que una semana sin tele y sin comida bastaría para hacerle adoptar una actitud más positiva; quitarle aquel único y precario vínculo con el exterior tenía que haberle angustiado lo suficiente.

Me equivocaba.

—¿Qué has pensado? —exclamé al entrar al cabo de la primera semana de castigo—. ¿Vas a ayudarme?

No hubo respuesta.

—Marian, no me hagas esto, no me hagas castigarte más. Estoy deseando devolverte la tele y traerte comida, comida de verdad, incluso un tenedor y un cuchillo, si me ayudas esta vez.

Más silencio.

—Te traeré un buen vino y el vídeo que te he prometido, pero, por favor, no me hagas continuar con este patético tira y afloja.

—...

—Está bien, tú lo has querido. Me llevo el agua y la comida que te he traído y te quedas a oscuras. Hala, volveré dentro de un par de días. Cuando empieces a morirte de hambre y se te resequen los labios, cambiarás de opinión.

Pero dos días más tarde la situación no había cambiado. Marian me miraba desde la misma postura con los ojos entrecerrados. Tenía grandes ojeras y le costó un poco acostumbrarse a la luz cuando la encendí. La bombilla a mis espaldas proyectaba mi sombra sobre su cuerpo inerte. Tan sólo algo más de excrementos en la fosa y un olor un poco más intenso a animal encerrado daban testimonio de que habían pasado dos días. Fue durante esta visita cuando me enojé y le rompí una costilla a patadas. Pero ni con esas. Ni un gemido, tan sólo aquella exhalación ridícula y una respiración algo más acelerada.

Comencé a visitarla prácticamente a diario. El enojo inicial se fue convirtiendo en curiosidad por ver cuánto sería capaz de durarle la rabieta, y en verdadera inquietud cuando comprobé que continuaba.

—Eres una egoísta —le dije otro día—. Te estás dejando morir sólo para joderme, sólo porque te da envidia que gane el Planeta. ¡Puta! —Le di un par de patadas que tampoco provocaron ninguna reacción—. Siempre amenazándome, chantajeándome. Si yo pudiera dejarte en libertad, ¿crees que no lo haría? Sabes tan bien como yo que eso no es posible.

Al darme cuenta de que aquello podía durar indefinidamente comencé a alarmarme de verdad y un buen día volví a traer la tele y a llenar los platos de comida.

—Está bien. Tú has ganado. Te traigo comida y agua, pero al menos di algo.

—...

—Vale, vale. He comprendido el mensaje. Me voy y te dejo sola, pero come, por favor —dije, y me fui esperando al día siguiente verla algo mejor. Estaba claro que el castigo no funcionaba y que tendría que encontrar formas más eficaces de coacción.

A la siguiente visita la comida seguía intacta y el agua estaba al mismo nivel que la tarde anterior.

—Eso no está nada bien, Marian. Tienes que beber y lo sabes, ¿verdad?

—...

—¡Pero contéstame cuando te hablo! —Me ensañé con una nueva tanda de patadas—. ¡Contesta! ¡Contesta! ¡Contesta, zorra!

—...

—Bueno, vamos a calmarnos. Dime qué quieres que haga.

De nuevo ese angustioso silencio. Estaba ahí tendida, atada. Había un hilillo de sangre que le resbalaba por el labio. Respiraba pesadamente, pero no decía nada. Volví a darle otra paliza y esta vez murmuró algo. Me agaché aliviado, acerqué mi oído a su boca ensangrentada y oí que decía «mamá», «mamá». Nada, no había nada que hacer.

Intenté forzarla a beber tapándole la nariz, y a comer ayudándole a masticar.

—Así, así. Buena chica, Marian. Muy bien.

Pero a la mañana siguiente ella lo había vomitado todo. Tampoco tuve mayor éxito cuando recurrí a la papilla para niños. Marian vomitaba sistemáticamente todo lo que yo le forzaba a ingerir.

Durante este tiempo, mi orden de prioridades sufrió una drástica inversión de términos. Hasta entonces Marian había sido algo externo a mi vida, un objeto periférico sin ninguna trascendencia, dado que yo vivía de los frutos de un trabajo ya hecho. Ahora, sin embargo, viendo cada día más cerca la fecha en la que me había comprometido a entregar la nueva novela, Marian se había convertido en el centro de todas mis preocupaciones: si ella moría, yo perdería a Carmen y mi hijo quedaría atrapado en el nombre maldito. Consecuentemente, la situación de dependencia se invirtió radicalmente y sin apenas darme cuenta fui yo quien me vi afectado por el «*contrasíndrome* de Estocolmo». Cada vez iba percibiendo con más claridad que mi futuro como artista dependía de que ella no muriera y, paulatinamente, Marian fue tomando más y más importancia en mi vida. Al cabo, me encontré con que no podía dejar de pensar en ella a todas horas: en casa, en clase, incluso cuando me follaba a Carmen. La veía en sueños. Imaginaba que se despertaba y se ponía alegremente a escribir en la máquina que yo le había llevado; o bien la veía muerta y la levantaba entre mis brazos soltando un gran aullido tras el cual me despertaba sudoroso. Durante el día no hacía más que pensar en el momento en que la vería, con la esperanza de que no hubiera devuelto la papilla de la noche anterior. Pero Marian no mejoraba, seguía devolviéndolo todo, líquido o comida, y yo, horrorizado, la veía cada día más demacrada y pálida. Tenía el pulso muy débil. A veces la cogía en brazos, como en el sueño, y suplicaba:

—Marian, Marian, háblame. Soy yo.

Pero ella seguía con la boca entreabierta, los dientes amarillentos y alguno roto, los ojos extraviados asomando a medias por debajo de los párpados. «Mamá» era la única palabra que salía alguna vez de sus labios.

Entonces un día ocurrió.

Fue algo maravilloso, sublime. En aquella posición en la que la solía coger, sintiendo su calor moribundo entre mis brazos, sentí una convulsión interior en mi estómago, mis músculos abdominales temblaron, mi ritmo cardíaco se aceleró, mi cara se retorció en un gesto de dolor y de mis ojos salieron incontroladas lágrimas.

Lo comprendí con una mezcla de horror y estupefacción: *amaba* esa chica que estaba entre mis brazos, estaba locamente enamorado de ella...

Había descubierto lo que era el amor.

Sentí un calor tremendo en mi interior cuando la besé en los labios agrietados.

—Marian, Marian, mi vida —murmuré.

Me di cuenta de cuánto dependía de ella. Sólo quería que se despertara, que sonriera, que me hablara con su familiar voz. Sólo así sería feliz. Mi vida se había entrelazado con la suya, había trascendido mi absoluto egocentrismo. Me imaginé, por un momento, que ella ya estaba bien, que vivíamos los dos en una casa con dos máquinas de escribir en nuestra habitación. Yo le daría todas mis geniales ideas y ella las desarrollaría. Firmaríamos bajo mi nombre, claro, pero a Marian no le importaría porque sería al fin libre.

Por la noche, al volver a casa, vi a Carmen con otros ojos. La encontré superficial, distante, incluso fea. A medida que mi hijo crecía, ella había ido engordando y comía insaciablemente. Marian, en cambio, a fuerza de ayunar, había adelgazado hasta lo increíble. Desde la cama oí una andanada de ventosidades proveniente del baño, cosa que nunca antes había ocurrido. Al acostarnos, hicimos el amor, pero no sentí nada. O más bien sí: la empecé a odiar por forzarme a hacer el papel de Mozart, inmóvil y atado a la cama debajo de ella. No me corrí y, cuando ella lo hizo, traté de imaginar a Marian teniendo un orgasmo. Fui incapaz. Eso era parte del encanto que me tenía obsesionado: el misterio que escondía su inmovilidad.

Cada vez pasaba más y más horas con Marian entre mis brazos, sintiendo cómo se desvanecía su vida ante mi impotente mirada.

Un día la vi tan demacrada que decidí sacarla a que le diera la luz del sol. La subí por las escaleras en brazos sin ninguna dificultad —¡pesaba tan poco!— y salí al jardín. Empezaba ya el verano y el sol pegaba fuerte. Me senté en un banco con aquella que iba a ser mi único y verdadero amor entre los brazos, y la vi sonreír.

—¡Gracias! —murmuró.

Por un momento se le iluminaron los ojos y sentí un tremendo goce interior. Va a revivir, me dije esperanzado, pensando que al final había encontrado el remedio. ¡El sol! El sol era la fuente de la vida, el sol le devolvería las ganas de vivir. Besé sus labios con optimismo.

—Todo saldrá bien, Marian. Te lo garantizo. Saldremos adelante.

Con increíble ternura, la paseé en brazos por todo el jardín y le fui relatando todas las experiencias infantiles que aquellos parajes evocaban en mí. Ella me escuchaba con los ojos entrecerrados. ¡Fue una tarde tan maravillosa! Yo lo sentía: éramos algo más que dos personas. Nos pertenecíamos el uno al otro. Ella me había creado, me había dado la vida como artista. Yo quería compartirlo todo con ella cuando se recuperara.

Aquella noche, contra mi costumbre, decidí quedarme en Cercedilla. Sabía que Carmen me iba a odiar, pero no podía soportar la idea de separarme de Marian viéndola tan frágil, sintiendo los escalofríos que le recorrían el cuerpo.

—Yo me quedaré contigo —le murmuré al oído. Me quedaría con ella, dormiría a su lado, la protegería con mis brazos, me fundiría con aquel olor al que me había ido poco a poco habituando, como a una droga. Ahora, hasta sus deposiciones me olían bien. Por el contrario, la falta de olor de Carmen recién salida de la ducha bajo una capa de jabón artificial me parecía algo insustancial, abstracto...

La noche fue fresca, más de lo que pensaba. ¿Cómo podía haberla dejado allí, tan sola, tantas noches horribles? No podía comprender cómo no se había vuelto loca antes. Sentí un cierto orgullo y le acaricié la cara.

—Mamá, mamá... —murmuró ella.

La tranquilicé, la besé en la frente, le dije:

—Estoy aquí, tranquila, tranquila.

En ese momento yo lo era todo para ella —su padre, su madre, su amante—, y lo sería todo en el futuro. La protegería, la abrazaría fuerte todas las noches, sosteniéndola entre mis brazos como ahora. Ella se iba a recuperar y no nos separaríamos ya nunca más.

—Nunca más, nunca más —susurré mientras la somnolencia comenzaba a apoderarse de mí.

XVII

Al despertar, ella seguía absolutamente inmóvil entre mis brazos.

—Marian, voy a dejarte. Tengo que irme ya.

Estaba fría. Los ojos entreabiertos, desenfocados.

—¿Marian?

No contestó.

Entonces me aparté de aquel cuerpo frío. Alarmado, le tomé el pulso. Nada.

—¡Marian!

Solté un grito desgarrador al darme cuenta de lo que tenía entre mis brazos. Me agarré al cadáver y lloré. Ella era la verdadera artista, ella era quien me había creado a mí. Yo era su criatura, su Frankenstein literario, y ahora estaba solo en el mundo. Un gran sentimiento de vacío se apoderó de mí y sufrí una crisis de angustia tan aguda que tuve que taparme el rostro y gritar para evitar que la nada se apoderase de mi consciencia. Luego la angustia dejó lugar a una sensación de pérdida. Me agaché y acaricié sus muñecas doloridas. «Marian, mi Marian», murmuré mientras desnudaba el cadáver, llorando.

Acaricié sus piernas velludas y le quité las bragas que yo mismo había comprado. No quise cerrarle los ojos porque quería verla para recordarla siempre así. Me desabroché los pantalones y comencé a tocarme hasta que conseguí una erección aceptable. Luego, todavía llorando, unté de saliva mi mano e introduje los dedos entre sus resecos labios vaginales. Repetí la operación varias veces, añadiendo lágrimas a la saliva, hasta lubricar la estrecha vagina, y entonces, apartando sus piernas, comencé la penetración. Suavemente al principio, luego acelerando poco a poco, sin dejar de mirar aquellos ojos entreabiertos, murmuraba: «Marian, Marian, mi vida.»

Cuando eyaculé, acaricié de nuevo aquel sexo velludo para poder mantener entre mis dedos su olor y llenar mi memoria de él. Luego cubrí el cadáver con la manta y le cerré los ojos.

Me senté cruzando las piernas. No sabía qué hacer. Estaba vacío por dentro, sin pensar en nada, como drogado. Mi vida durante las últimas semanas había estado centrada en torno a Marian. Ahora que ella no estaba, ¿qué iba a hacer? Ya no habría más libros. Carmen me dejaría, pero eso ya no me importaba. Ni tampoco que llamara Mozart al niño, ¡al carajo con él! Me daba cuenta de que mi vida no había sido más que una ficción. Había vivido del talento de Marian, pero sobre todo del odio a Mozart. Sin esa fuerza motriz, ¿qué hubiera sido yo? Nadie. Mi enemigo me había dado la vida, yo era una parte suya, su opuesto, una contradicción, una parte del todo. Ahora Marian había muerto y Mozart había desaparecido, yo le había hundido. Pero ¿quién era yo sin ellos? Nadie, nada. No valía más que para repetir el papel de Mozart entre las piernas de su ex mujer.

Seguramente Carmen me estaría buscando. Habría avisado a la policía. Vendrían aquí. Descubrirían a Marian, me encerrarían. Parece increíble, pero en aquellos momentos ya no me importaba. Marian había sido el alma, la esencia de mi vida durante aquellos meses desde que publicara la novela. Yo había sacado fuerzas de su presencia, había querido ver qué había dentro y había roto mi juguete, lo único que amaba en el mundo, aparte de la literatura, al único ser al que de verdad había conseguido querer. ¡Qué paradoja tan cruel!

Estaba todavía aturdido. Tenía que huir de aquella casa si quería vivir, si quería reencontrarme.

Salí de allí corriendo —huyendo de ella, huyendo de mí mismo— y me metí en el coche. No sabía hacia dónde me dirigía, pero desde luego no quería volver a casa. No con Carmen. A ella nunca la había amado. La había utilizado para satisfacer mi vanidad y nutrir el odio que le tenía a Mozart... Mozart, tenía que verle. ¿Dónde había dicho Carmen que estaba? En la plaza de Santa Ana. Eso es, hacia allí me dirigiría.

Llegué a Madrid. Atascos, atascos y más atascos. No había más que atascos. Me exasperé.

Cuando por fin pude aparcar cerca de la plaza de Santa Ana, me acerqué a los puestecillos de hippies que había y busqué a Mozart entre ellos, pero no lo encontré. Preguntando, me dijeron que había ido a la Puerta de Toledo a preparar el Rastro del día siguiente. Volví al coche.

Tras mucho buscar le encontré sentado

en unas escaleras, cerca de la plaza de Vara del Rey, desaliñado, fumando con otros melenudos con barbas. Llevaba sandalias y una camisa moruna muy gastada. Ana, a su lado, iba descalza y vestía una túnica oriental hasta los pies; tenía el pelo lleno de trencitas. Ambos se daban la mano. ¿Cómo habían podido decidir vivir así? Él estaba delgado, pero parecía extrañamente real. Yo estaba al otro lado del espejo, vestido y trajeado. La buena vida me había vuelto obeso, pero estaba pálido como un fantasma.

No parecieron ni sorprendidos ni ofendidos al verme. Tenían los ojos enrojecidos y la sonrisa boba. Me miraban esperando que yo dijera algo. Balbuceé y acabé pidiéndoles perdón por todo el daño que les había hecho.

—Es demasiado tarde —sentenció Ana, pero en seguida se levantaron protestas entre los melenudos y se inició una discusión sobre la necesidad de perdonar siempre. Surgieron todo tipo de argumentos pacifistas y orientalizantes.

—Son gente de la comuna. Estamos viviendo con ellos en un piso —explicó Ana.

No sabía qué decirles, no sabía por qué les había buscado, no sabía qué coño hacía allí con esa panda de guarros. Había perdido todas mis referencias vitales.

—Continúa tu vida —dijo Mozart.

Me sentí humillado. Una vez más se ponía por encima de mí y se permitía el lujo de darme consejos. ¿Quién coño...? Sentí tentaciones de golpearle, pero me contuve. El odio inflamaba de nuevo mi vida.

—Búscate a ti mismo —añadió Mozart.

El odio volvió a resurgir, esta vez con demasiado ímpetu para retenerlo. No podía soportar que a pesar de mi éxito él fuera feliz.

Saqué la Luger del bolsillo interior de mi chaqueta.

Los melenudos se apartaron asustados y Ana soltó un grito al verme apuntar a la cabeza de Mozart. Esos ojos, aquel escenario en el que se desarrollaba mi vida, brillaron con fuerza reflejando mi imagen. Era como si estuviera ante un espejo deformante. Me vi a mí mismo, tuve miedo de esos ojos y no pude disparar. Bajé la pistola, me di la vuelta y corrí avergonzado hacia el coche.

Compré una botella de whisky y volví directamente a Cercedilla. De nuevo en el sótano, me senté entre la televisión y la fosa de excrementos. Bebí y lloré. La máquina de escribir portátil y los folios seguían en su esquina.

Destapé el cuerpo de Marian y volví a llorar. Mi semen relucía blanquecino entre el vello de su sexo. Me senté y no sé cuánto tiempo estuve aturdido, con la mente completamente en blanco. La muerte de Marian había desencadenado algo en mi interior, algo nuevo. Me sentía frágil y dependiente, pero vivo. Ahora, era parte del mundo que me rodeaba y no un parásito exterior a él. De repente comprendí cosas antes ocultas.

Cuando me levanté era una persona nueva. Sacudí la cabeza con incredulidad. Era como si hubiera resucitado. Miré a Marian y sentí unas ganas tremendas de reconstruir mi experiencia, de contarle al mundo la metamorfosis que había experimentado. Sería mi homenaje a ella, un homenaje póstumo.

Inundado por un sentimiento de gran excitación, me levanté y me senté delante de la máquina de escribir. Durante unos minutos pasó lo de siempre. Comencé a darle vueltas a la frase con la que quería comenzar, pero ninguna me resultaba convincente, ninguna parecía lo suficientemente bella y compleja como para iniciar el homenaje a la persona que me había creado y enseñado el sentido de la vida. Entonces, tras haber arrugado varios folios con imposibles principios, me decidí a olvidarme de la forma y concentrarme en decir lo que sentía, fuera como fuera. Comencé con las siguientes palabras:

«Soy un escritor frustrado.»

Sentí que lo había conseguido. No eran más que cuatro palabras, pero eran esenciales, estaban vivas porque eran mías, eran Yo.

Instantes después escuché las sirenas de la policía.

Sonreí porque no podía parar. Las palabras salían a borbotones, una detrás de otra, deshilando mi pensamiento, enredándolo con imágenes y recuerdos. No me lo podía creer: estaba escribiendo.

Los pasos apresurados que descendían hasta el sótano no impidieron que siguiera tecleando. Tampoco paré cuando me rodearon, apuntándome con las pistolas.

(Extracto de un artículo de El País, *noviembre de 1994)*

Soy un Escritor Frustrado, *el premio Planeta de este año, ha suscitado una intensa polémica en torno a su autor, recluido desde junio de este año en régimen cerrado de prisión preventiva, a la espera de juicio. Al controvertido novelista se le acusa de ser el autor de una detención ilegal con lesiones, posterior homicidio y necrofilia, allanamiento de morada con violencia, y asesinato con los agravantes de premeditación e incendio, hechos que relata con todo detalle en su novela autobiográfica (...) La suma de todos estos delitos supone una pena de prisión que puede llegar a los setenta años, según fuentes cercanas a la instrucción del caso. Las ventas de su segunda novela han superado ampliamente las de la polémica primera y han supuesto un nuevo «boom»* editorial *(...) El autor, en unas declaraciones a los medios de comunicación, afirmó estar trabajando en una nueva novela. Explicó que su obra trataba de ser una reflexión en torno a la intensa relación que existe entre realidad y ficción. «En ese sentido es algo parecida a la anterior —afirmó—. Se la voy a dedicar a mi hijo MOZART.»*

Impreso en Litografía Rosés, S.A.
Energía, 11-27 (Polígono La Post)
08850 Gavà (Barcelona)